당신의 아침이 희망으로 환해지기를,
당신의 오후가 열정으로 가득하기를,
당신의 저녁이 행복으로 물들기를,
두 손 모아 기원합니다.

_____ 에게

그 누구도 아닌
나를 사랑할 때입니다.
그 누구도 아닌
내 삶을 가꿀 때입니다.

때로는 어긋나는 일로
지치기도 합니다.
무거운 짐을 내려놓고
싶어지기도 합니다.

하지만 한밤일수록
아침은 더 가깝습니다.
시간은 한결같지만,
어제와는 달라야 합니다.

힘겨웠던 만큼
오늘은 가슴 벅차야 합니다.
그 누구도 대신할 수 없는
내 인생이기에.

하루하루를 어떻게 보내느냐에 따라
인생이 결정된다.

애니 딜러드

*How we spend our days is, of course
how we spend our lives.*

Annie Dillard

365
매일읽는
긍정의
한줄

365 매일읽는

긍정의 한줄

린다 피콘 지음 | 키와 블란츠 옮김

The Daily Book of Positive Quotations

책/이/있/는/풍/경

Prologue

이 책에는 세계의 위대한 사상가들이 남긴, 보다 알찬 삶을 위한 명언들이 담겨 있다. 이 중에는 웃음을 주는 글들도 있고 깨달음을 일깨워 주는 글들도 있다. 어떤 글은 읽을수록 용기가 샘솟고, 어떤 글은 절로 뭉클해지기도 한다.

이들 중에는 서로 상반되는 것도 있다. 친구를 많이 사귀라고 조언하는가 하면, 친구는 몇 명만 가려 사귀는 게 좋다고 타이르기도 한다. 목표를 굳게 세우고 앞서가라고 다그치는가 하면, 부딪치는 대로 헤쳐 나가다 보면 생각하지 못한 뜻밖의 선물을 받으리라 말하는 명언도 있다. 한 발씩 조심스럽게 디뎌야 헛된 함정에 빠지지 않는다고 강조하는 격언도 있고, 오히려 실수를 소중히 여기라는 이들도 있다. 다른 사람들의 말에 귀 기울이라고 충고하는가 하면, 그 누구도 아닌 자신의 판단을 믿고 그에 따르라고 하기도 한다. 그러나 이들이 의도하는 핵심은 다를 바 없다. 삶의 여정에 서 있을 때 미리 짜인 빈말이 아니라, 누구나 자신의 길을 가는 데 도움 될 밝은 별이 되고자 한다.

각 명언들마다 그 의미를 되새기고 스스로 생각하는 데 도움 될 글을 덧붙였다. 이 책은 매일 한 줄씩 긍정의 의미와 삶을 새롭게 한다. 이들 중에는 스스로 해답을 찾아야 할 것도 있고, 더러는 오히려 가려운 곳을 드러냄으로써 애써 외면하고 싶은 글들도 있다. 하지만 곱씹을수록 그 글들은 삶의 좌우명으로 삼기에 충분하다.

매일 새로운 하루가 시작될 때마다 이 책에 실린 명언들을 하나씩 읽고 자신의 삶을 되돌아보기 바란다. 그리고 곰곰이 생각해보기 바란다. 그 말에 고개를 끄덕이는가 그렇지 않은가? 그 글은 당신의 좁은 시야를 열어 주는가, 아니면 신념을 더욱 견고하게 해주는가? 실천을 촉구하는 메시지를 담고 있는가, 아니면 깊이 생각할 계기를 주는가?

이 책에 소개한 명언들이 원래 의도했던 내용과 다르게, 읽는 사람마다 그 뜻을 다르게 받아들이기도 할 것이다. 아무런 구속도 받지 말고, 마음에 닿는 대로 받아들여라. 처음에 읽었을 때 감동과 다시 읽었을 때 느낌이 다를 수도 있고, 비슷한 내용의 명언임에도 마음에 닿는 의미는 전혀 다를 수도 있다. 읽었던 명언을 한참 뒤에 다시 읽고 싶어지기도 할 것이다.

이 책을 어떻게 받아들이고 어떻게 활용하더라도, 이 책에서 얻은 지혜로 삶에 강인함이 넘치고, 새로운 날들을 보다 긍정적으로 시작할 수 있기를 바란다.

January

I ask not for a lighter burden but for broader shoulders.

내가 바라는 것은 보다 가벼운 짐이 아니라
보다 건장한 어깨다.

마음먹기에 달린 일

One resolution I have made, and try always to keep,
is this : To rise above the little things.

늘 실천하고자 하는 결심이 있다.
그것은 사소한 것들에 굴복 당하지 않으리라는 것이다.

존 버로스 John Burroughs

수도꼭지가 새거나, 외출하고 보니 양말을 짝짝이로 신고 나왔거나, 냉장고에 우유가 떨어졌거나, 운전 중에 기름이 떨어진 걸 알게 되거나, 마당에 잡초가 한 뼘이나 자랐거나, 저녁 반찬거리를 해동하는 걸 깜빡하는 사소한 것들이 쌓여 하루가 엉망진창이 될 수 있다. 그러나 이런 사소한 것들이 하루를 망치느냐 그렇지 않느냐는 마음먹기에 달려 있다.

늘 대범하게 살기란 쉬운 일이 아니다. 하지만 한 발 물러서서 보면 이런 사소한 것들은 결코 심각하게 고민할 일이 아님을 알게 된다.

'심호흡을 한 다음, 비록 일상의 사소한 것들이 짜증스럽게 하지만 그것 때문에 속상해 할 필요는 없다고 다짐하자.'

잘될 거야, 잘될 거야

Sometimes our fate resembles a fruit tree in winter. Who would not think that those branches would turn green again and blossom, but we hope it, we know it.

운명이라는 것이 겨울철 과일나무 같아 보일 때가 있다. 그 나뭇가지에 또다시 푸른 잎이 돋아나고 꽃이 피리라는 생각을 하지 않는 사람은 없다. 그래도 우리는 그렇게 되기를 마음속으로 소망하고, 또 그렇게 된다는 것을 알고 있다.

요한 볼프강 폰 괴테 Johann Wolfgang von Goethe

사는 일이 힘겨울 때는 앞으로 아무것도 달라지거나 나아지지 않을 것처럼 여겨진다. 이런 막막함에 빠져 있으면 새롭게 변화할 계획을 세우고 실행할 가능성이 더더욱 요원해진다.

지금까지 살아온 길을 되돌아보라. 좋았던 때도 있었고 어려운 때도 있었다. 그동안 힘든 시기를 잘 견뎌 내며 이겨 왔고, 모든 상황은 호전되지 않았는가. 세월이 약이 된 경우도 있었겠지만, 보다 나은 삶과 보다 큰 행복을 위해 노력했기 때문이다.

'내 삶은 굴곡으로 가득 차 있어. 오늘 혹은 이번 주에 비록 내가 어려운 일을 겪는다고 해도 나는 이것이 영원히 지속되지 않으며, 내가 잘 헤쳐 나가리라는 걸 잘 알고 있어.'

나를 키우는 다짐

People don't just get upset.
They contribute to their upsetness.

화는 저절로 우러나지 않는다.
자신이 화를 키우는 데 한몫을 한다.

앨버트 엘리스 Albert Ellis

살다 보면 숱한 일을 겪지만, 화를 부르는 것은 알고 보면 의도하지 않은 일 때문이 아니라 그런 일을 대하는 태도 때문인 경우가 많다. 나쁜 일을 당하면 불평을 쏟아 내고 상황이 절대 호전되지 않을 것처럼 안절부절못한다.

하지만 똑같은 상황에 처해도 어떤 사람들은 '낭패로군. 하지만 이 정도야 잘 해낼 수 있어'라고 생각한다. 똑같은 상황이라도 긍정적으로 받아들이거나 비관한 채 그 상황을 부정하고 싶어지기도 한다. 살면서 자신의 의도와는 달리 일어나는 일은 어찌할 도리가 없겠지만, 이를 대하는 자세는 자신이 결정할 일이다.

'모든 일이 내 뜻대로 된다면 좋겠지만 그걸 가만히 앉아 기대하고 있어서는 안되겠지. 내 삶을 가꾸기 위해 절실한 능력은 이미 내가 갖고 있음을 절대로 잊지 말아야겠다.'

시각을 바꿔라

When I hear somebody sigh that life is hard,
I am always tempted to ask, 'Compared to what?'

누군가 사는 게 힘들다고 한숨을 내쉬면 나는 늘 이렇게 되묻고 싶어진다.
'무엇과 비교해서?'

시드니 J. 해리스 Sydney J. Harris

우리는 늘 자신보다 돈이 더 많고, 더 똑똑하고, 더 행복하고, 더 잘생기고,
명예가 더 높은 이들과 자신을 비교한다. '왜 나는 그들처럼 좋은 집에서
살지 못할까?', '왜 나는 능력을 제대로 인정받지 못할까?', '왜 내게는 진정
한 사랑이 나타나지 않을까?'…….
이처럼 남들을 부러워하다 보면 정작 남들이 나를 얼마나 부러워하고 있
는지 잊어버리게 된다. 세상에는 내 직업, 내가 사는 집, 내가 누리는 자유
를 부러워하는 이들이 많다. 대수롭지 않다고 생각한 것들인데 남들이 부
러워하는 말을 들으면 그제야 '이만하면 나도 꽤 괜찮은 편'이라는 사실을
알게 된다.

'내게 주어진 모든 축복을 되돌아보고, 내 삶에 주어진 모든 것에 늘 감사하며 살아야겠다.'

그들이 행복할 수 있도록

Happiness is a perfume you cannot pour on others
without getting a few drops on yourself.

행복은 내 손에 몇 방울 먼저 묻혀야
남에게 묻혀 줄 수 있는 향수 같은 것.

랠프 월도 에머슨 Ralph Waldo Emerson

자원봉사를 하거나, 입원한 친구에게 병문안 가거나, 쇼핑 도중에 문득 사
랑하는 사람을 위해 특별한 선물을 사는 데는 그만한 이유가 있다. 그렇게
함으로써 내 기분이 좋아지기 때문이다. 실제로 다른 사람을 배려하고 그
들에게 친절을 베풂으로써 나 자신이 더 많은 것을 얻기도 한다.
비록 당연히 해야 할 의무나 일의 일부로 시작했다고 하더라도, 이처럼 남
을 위해 베푼 행동은 상대는 물론 나 자신에게도 기쁨을 준다.

'그들을 기쁘게 해주기 위해 오늘 무엇을 할까? 거창한 게 아니어도 좋아. 우정이 내게 얼마
나 소중한지 적어 친구에게 보내 주는 것도 좋겠지.'

한 번에 한 가지씩

Nothing is particularly hard if you divide it into small jobs.

보다 잘게 나누면 그 어떤 일도 결코 힘들지 않다.

헨리 포드 Henry Ford

책상 위에는 서류가 산더미 같고, 싱크대에는 그릇들이 쌓이기만 한다. 직장에서나 집에서나 할 일이 태산 같아 숨이 막히고, 이 많은 일을 어떻게 다 처리하나 하는 걱정에 밤잠을 설치기도 한다.

그러나 한 가지씩 처리하고 하나하나 씻다 보면 산더미같이 쌓였던 서류와 그릇들이 줄어들고 마음 편하게 잠자리에 들 수 있을 것이다.

'많은 일 때문에 전전긍긍하는 대신 한 번에 한 가지씩 차근차근 처리하자. 그러다 보면 다른 일은 수월하게 할 수 있겠지.'

분명한 목표

You got to be careful if you don't know where you're going,
because you might not get there.

어디를 가고 있는지 어리둥절할 때일수록 정신을 바짝 차려야 한다.
엉뚱한 곳으로 갈지도 모르니까.

요기 베라 Yogi Berra

분명한 목표를 갖고 사는가? 아니면 일이 생길 때마다 부대끼며 사는가?
원하는 것, 성취하고자 하는 것이 무엇인지 분명하게 알지 못하면 내가 가진 잠재력을 충분히 발휘할 수 없다. 반면에 기회가 왔을 때는 그것이 계획했던 일과 관련이 없더라도, 그 기회를 받아들여 부딪쳐 보는 것이 현명한 방법일 수 있다.

'오늘 잠시 짬을 내, 내가 늘 하는 일들이 내가 꿈꾸는 목표에 얼마나 보탬이 되고 있는지 돌아보자. 딴 짓을 하는 데 너무 많은 시간을 허비하고 있는 건 아닌지, 그 때문에 내가 꿈꾸는 목표에서 점점 더 멀어지는 건 아닌지, 새로운 기회가 찾아왔을 때 이를 받아들일 준비가 되어 있는지 되돌아보자.'

시련이 나를 키운다

I ask not for a lighter burden but for broader shoulders.

내가 바라는 것은 보다 가벼운 짐이 아니라 보다 건장한 어깨다.

유태인 속담

시련을 극복하는 일은 역기를 드는 것과 같다. 많이 해볼수록 점점 더 강해진다. 그 누구도 시련을 바라지 않는다. 그러나 시련은 누구에게나 찾아오는 법이다. 시련에 부딪혔을 때 그것은 나를 보다 강하게 단련시키는 연습이라고 생각하면 위로가 될 것이다.

'혹독한 시련을 거치면서 나는 많은 걸 배웠고, 그래서 지금 난 이만큼 강한걸.'

미소의 힘

Sometimes your joy is the source of your smile,
but sometimes your smile can be the source of your joy.

즐거워서 웃는 때가 있지만, 웃기 때문에 즐거워지는 때도 있다.

틱 낫 한 Thich Nhat Hanh

억지로라도 웃을수록 마음이 행복해진다는 것은 생리학에서 증명한 사실이다.
과학을 끌어들이지 않더라도 기분이 내키든 그렇지 않든 웃으며 사는 게 좋다는 것은 부정할 수 없는 사실이다. 웃음은 우리의 뇌뿐만 아니라 근육을 자극하고 활력을 촉진시켜 준다. 더구나 어느 누구도 얼굴이 그늘진 사람과 함께하고 싶지는 않을 것이다.

'바보처럼 보여도 좋아. 자주 미소를 지을 것이며, 미소를 지을수록 얼마나 즐거운 일이 생기는지 기대가 돼.'

하루하루 감사하며 살자

How we spend our days is, of course,
how we spend our lives.

하루하루를 어떻게 사느냐가 인생을 결정한다.

애니 딜러드 Annie Dillard

✉

누구나 언젠가는 좋은 날이 오리라 기대하며 산다. 다음 주, 다음 달, 아니면 내년 여름이라도⋯⋯. 하지만 우리는 오늘 하루를 땀 흘리고, 지금 이 순간에 감사하며, 내일도 오늘처럼 살아갈 것이다. 그러는 중에 좋은 날이 내일 혹은 모레나 글피에 찾아올지 모른다.

좋은 날을 기다리더라도 오늘 자신에게 주어진 모든 순간들에 감사할 줄 알아야 한다. 당장 정리해야 하고 하던 업무도 서둘러 마쳐야겠지만, 이런 바쁜 와중에도 틈을 내어 내게 주어진 것들에 감사하는 시간을 가져야 한다.

'아름다운 일출, 따스하고 안락한 잠자리, 아기의 때 묻지 않은 표정, 홀로 사색하는 즐거움⋯⋯. 감사할 것은 너무나 많아.'

기회는 스스로 만드는 것

**Opportunity is missed by most people
because it is dressed in overalls and looks like work.**

기회는 작업복을 걸치고 찾아온 일감처럼 보이는 탓에 대부분 사람들이 놓쳐 버린다.

토머스 에디슨 Thomas Edison

큰 행운은 다 남한테만 일어나는 것 같다고 생각한 적은 없는가? 혹시 그렇게 보일 뿐은 아닌가? 물론 그들에게만 좋은 일이 일어나는 경우도 있을 수 있지만, 마음만 먹으면 스스로 좋은 일이 일어날 기회를 만들어 낼 수 있다.

내 능력을 키울 좋은 기회인데도 근무 시간이 지난 후에 해야 하는 일이라 포기한 적은 없는가? 새로운 일을 해볼 기회가 왔음에도 잘 해낼 자신이 없다는 핑계로 무시해 버리지는 않았는가? 지금 내게 필요한 것은 소매를 걷어붙이고 보다 열심히, 보다 끈질기게 노력하는 자세가 아닐까?

'직장에서나 사적인 생활에서 어떻게 하면 기회를 만들 수 있을까?
어떤 일을 먼저 해야 할까?'

웃으며 살기

Angels can fly because they take themselves lightly;
devils fall because of their gravity.

천사는 자신을 가벼운 존재로 낮추므로 날 수 있다.
악마는 제 무게에 못 이겨 추락한다.

G. K. 체스터턴 G. K. Chesterton

우리는 삶이라는 연극에서 극적인 상황을 만드는 배우인 양 때로는 과장된 표정을 짓기도 하고, 잘난 척하기도 하고, 혹은 소리를 지르기도 한다.
우리의 삶을 희극이라고 생각한다면 사는 게 훨씬 수월할 뿐만 아니라, 다른 사람들에게도 훨씬 편한 사람이 될 수 있다. 될 수 있으면 뭔가 배울 점이 있는 희극, 소리 지르기보다는 잔잔한 웃음을 자아내는 희극, 세상에는 우리의 행동과 생각이 닿지 못하는 위대한 존재가 있다는 사실을 일깨워주는 그런 연극이라면 더더욱 좋을 것이다.

'내가 이룬 결실이나 실수 등, 내가 한 모든 게 하찮은 것만은 아니야. 하지만 그것에 연연해하거나 심각하게 받아들일 필요는 없어. 그러면 사는 게 너무 재미없잖아.'

삶의 균형

There are as many nights as days, and the one is just as long as the other in the year's course. Even a happy life cannot be without a measure of darkness, and the word happy would lose its meaning if it were not balanced by sadness.

일 년 중에는 낮에 못지않게 밤도 많고, 낮의 길이에 못지않게 밤의 길이도 존재한다. 행복한 삶도 어둠이 없으면 있을 수 없고, 슬픔이라는 균형이 없으면 행복은 그 의미를 잃어버린다.

카를 구스타프 융 Carl Gustav Jung

늘 운이 좋고 늘 고민하는 일 하나 없이 살 수만 있다면 얼마나 좋을까? 그러나 이렇게 생각해 보라. 구름 한 점 없이 맑은 날의 햇빛보다 폭풍이 휘몰아친 후에 내리쬐는 햇빛이 더없이 빛나고 고마운 법이다. 힘겨운 날이 지나고 마침내 찾아온 행복은 평소에 느끼는 행복보다 더 크고 소중한 법이다.

'일이 잘 풀리지 않는다면 이 난관을 헤쳐 나간 뒤에 맛볼 행복을 떠올려 보자. 힘들지만 이 시기를 잘 헤쳐 갈 수 있을 거야.'

한 번에 하나씩

Start by doing what's necessary, then what's possible,
and suddenly you are doing the impossible.

꼭 해야 할 일부터 시작하라. 그 다음은 할 수 있는 일을 하라. 그러다 보면
어느 순간 자신이 불가능하다고 생각했던 일을 해내고 있음을 알게 될 것이다.

아시시의 성 프란체스코 St. Francis of Assisi

우리는 한 번에 한 가지 일을 처리할 수 있을 뿐이다. 그러나 이처럼 한 번
에 한 가지씩 일을 처리하는 것만으로도 충분히 알차게 살 수 있다. 누구에
게나 매일 해야 할 일이 있다. 출근, 아이 돌보기, 식사 준비 등등. 자원봉사
에 참여하고, 친구들과의 모임에 가고, 화단을 가꾸기도 할 것이다.

이처럼 우리는 우리가 꼭 해야 할 일, 그리고 남을 기쁘게 해 주는 일을 하
며 하루를 분주하게 보낸다. 그 일들에 지쳐 숨 쉴 틈이 없을 수도 있다. 그
러나 하나씩 해 나가다 보면 기대했던 것보다 더 많은 것을 해낼 수 있다.

'하고 싶은 일을 도저히 해낼 수 없다고 지레 포기하는 대신 내가 할 수 있는 것부터 시작해
보자. 이것이 어떤 결과로 이어질지 지켜보는 것도 재미있겠지.'

스스로 변화하라

They say that time changes things,
but you actually have to change them yourself.

사람들은 시간이 모든 것을 바꾸어 준다고 말하지만,
실제로는 당신 자신이 모든 것을 바꾸어야 한다.

앤디 워홀 Andy Warhol

사람들은 시간이 만병통치약인 양 생각한다. 잠자리에 들어 반년이나 일
년 후에 깨어났으면, 그래서 지금 겪고 있는 이 고통을 겪지 않아도 된다면
얼마나 좋을까 바라기도 한다.

그러나 모든 것을 바꾸는 것은 시간이 아니다. 모든 것은 그 고난의 시간을
사는 동안 자신의 행동으로 바뀌는 법이다. 다행히 이 일은 반년, 일 년, 심
지어 단 일 분도 기다릴 필요 없이 지금 당장 할 수 있다.

'반년 후에 지금보다 훨씬 좋아질 것을 알고 있다면, 그걸 위해 지금 무엇을 할 수 있을까?'

창조적인 사고

The best way to have a good idea is to have lots of idea.

좋은 아이디어를 얻는 가장 좋은 방법은 많은 아이디어를 생각하는 것이다.

라이너스 폴링 Linus Pauling

우리는 상상 이상으로 창의적이다. 문제는 그 아이디어를 너무 가볍게 내팽개친다는 것이다. '이건 생각대로 되지 않을 거야', '내 형편에는 무리야', '별로 재미없어' 하면서. 그러나 아이디어를 검열하지 않을 용기만 있다면 깜짝 놀라고 기쁨에 넘치는 순간을 맛볼 수 있다.

'오늘은 마음을 열고 얼마나 많은 흥미로운 아이디어가 떠오르는지 지켜보자. 비록 실용적인 가치가 전혀 없는 아이디어라고 하더라도 이처럼 자유롭게 생각하다 보면 많은 것을 얻게 될 테니까.'

잠의 가치

Early to bed and early to rise, makes a man healthy, wealthy, and wise.

일찍 자고 일찍 일어나는 사람은 건강, 재산, 그리고 지혜를 누릴 수 있다.

벤저민 프랭클린 Benjamin Franklin

포근한 침대에 누워 눈을 감고 모든 근심 걱정을 잊어버리는 것은 너무나 행복한 일이다. 하룻밤 기분 좋게 자고 나면 몸이 가뿐할 뿐만 아니라 몸과 마음을 괴롭혔던 스트레스도 어느새 사라진다.

일찍 자면 일찍 일어날 수 있고, 일찍 일어나면 하루를 남들보다 더 일찍 시작할 수 있다. 그 시간에 일기를 쓰거나, 산책을 하거나, 사색에 잠길 수도 있다. 하루의 일과 때는 틈을 내기 힘든 일들도 이 시간에는 충분히 할 수 있다.

'오늘밤은 행복한 데이트를 즐기자. 일찍 잠자리에 들어 내 포근한 침대에서 나와 만나는 기쁨을 누리자.'

마음이 시키는 일

Throw your heart over the fence and the rest will follow.

마음을 담장 너머로 던져 넘기면 나머지는 저절로 따라 넘어가게 된다.

노먼 빈센트 필 Norman Vincent Peale

실망할 것을 미리 염려한 나머지 기대치를 낮추거나 기회를 보고도 지나쳐 버리는 경우가 있다. 그럴 만한 이유가 있기도 하겠지만, 그것은 자신이 할 수 있는 경험의 폭을 좁힐 뿐이다.

실망과 고통이 따르더라도 하고 싶은 일을 해보라. 포기했더라면 만날 수 없었을 새로운 세상과 마주하게 될 것이다. 그것은 새롭고 벅찬 미래를 약속하는 일일 수도 있고, 내게 너무나 벅차다고 생각한 친구와 사귀는 일일 수도 있으며, 전혀 예상하지 못했던 즐거운 경험일 수도 있다.

'기대치를 높이 두고 나를 들뜨게 하는 일을 해야겠다. 그 때문에 실망하기도 하겠지만 내 마음이 이끄는 대로 해봐야겠어.'

웃으며 살자

Laughter is the sun that drives winter from the human face.

웃음은 얼굴에서 겨울을 몰아내는 태양이다.

빅토르 위고 Victor Hugo

아기조차 웃음소리에 행복해 한다. 침울해 있을 때 누군가가 이를 나무라면 흔히 "지금 웃을 기분이 아니야" 하고 말한다. 그래도 웃을 수 있다. 잠시 짬을 내고 주변을 둘러본다면 모든 날들이 경이로움으로 가득 차 있음을 알게 될 것이다. 심지어 자신을 보며 웃을 수 있다.

'남들이 뭐라고 하든 오늘은 마음 놓고 웃자.'

고맙고 그리운 친구

People, even more than things, have to be restored, renewed, revived, reclaimed, and redeemed; never throw out anyone.

그 무엇보다 되돌려 놓고, 새롭게 하고, 회복시키고, 구제해야 할 것은 사람이다.
그 누구도 함부로 외면하지 말아야 한다.

오드리 헵번 Audrey Hepburn

우리는 많은 사람들과 사귀기도 하고 헤어지기도 한다. 한때는 너무나 소중했던 우정이 어긋나 사이가 멀어지기도 한다. 각자 제 갈 길이 달라 가까웠던 이들과 함께하기 힘들어지기도 한다.

그러나 잃어버렸다고 생각한 우정은 조금만 노력해도 다시 불러들일 수 있다. 물론 서로에 대한 마음이 그때와는 다를 수도 있다. 예전에는 날마다 만나 이야기했지만 이제는 일 년에 한두 번 보기도 힘들 수 있다. 그러나 우정을 간직할 수 있다면 우리의 삶은 훨씬 더 풍요로워질 것이다.

'오랫동안 연락하지 못한 친구가 누구였지? 오늘 전화나 편지, 이메일이라도 보내자.'

포기할 줄 아는 법

Pick battles big enough to matter, small enough to win.

무릇 전투라면 누구나 무시하지 못할 만큼 중대하면서도
이길 수 있는 전투에 뛰어들어라.

조나단 코졸 Jonathan Kozol

"사소한 일에 매달리지 마라"라는 말에는 자신에게 가장 소중한 일에 힘쓰
라는 의미가 숨어 있다. 아울러 이길 가능성이 전혀 없는 싸움이라면 애초
에 피하는 편이 낫다.

싸울 가치가 있는 것이란 자신이 절실하게 바라는 사람이 되는 데 도움이
되는 것이다. 그 외 자신에게 도움이 되지 않는 것, 심지어 최선을 다하는
데 방해되는 것들은 과감하게 포기할 줄 알아야 한다.

'오늘도 많은 일과 부대끼겠지. 그중 내게 중요한 건 무엇일까? 그중에서 내가 성장하는 데
도움 되는 건 무엇일까?'

삶이 기적이다

The miracle is not to fly in the air,
or to walk on the water, but to walk on the earth.

하늘을 날거나 물 위를 걷는 것이 기적이 아니라,
우리가 땅을 딛고 걷는 것이 기적이다.

중국 속담

세상에 태어나 성장하고, 경이로운 자연 속을 걸으며, 존귀하고 은혜로 가
득한 삶을 살아가는 것, 그것이 바로 기적이다.
삶은 알면 알수록 정교하고, 수많은 가능성으로 우리를 충만하게 한다. 삶
이라는 기적을 결코 당연하게 여기지 마라.

'평범하기만 하다고 푸념한 내 삶. 그러나 생각할수록 내 삶은 얼마나 특별하고 대단한가.'

힘든 가운데 웃는다는 것

Life does not cease to be funny when people die
any more than it ceases to be serious when people laugh.

사람들이 웃는다고 삶의 진지함이 사라지는 게 아닌 것과 마찬가지로,
죽는다고 인생의 즐거움이 끝나는 게 아니다.

조지 버나드 쇼 George Bernard Shaw

안 좋은 일이 생겼을 때 웃을 수 있을까? 웃을 여유조차 없는데 어떻게 웃
느냐고 반문할지 모른다. 그러나 웃음은 힘든 시기를 잘 견뎌 낼 수 있게
도와주는 선물이다. 고달프더라도 웃자. 억지로라도 웃다 보면 힘든 일도
수월하게 풀릴 것이다.

'웃는다고 문제가 해결되는 건 아니지만 적어도 그 문제에 대처하는 데 도움이 될 거야.'

사소하지만 소중한 것들

Firelight will not let you read fine stories,
but it's warm and you won't see the dust on the floor.

난로 불빛으로 책을 읽을 수는 없지만,
난롯불은 우리를 따뜻하게 하고 바닥의 먼지를 드러내 보이지 않는다.

아일랜드 속담

크고 화려한 집이라고 해서 오두막집보다 더 안락한 것은 아니다. 마음이 소박할수록 부귀영화를 부러워하는 마음은 점점 더 엷어진다. 마음이 소박하면 추울 때는 따스함이, 배고플 때는 먹을 것이, 피곤할 때는 잠잘 수만 있으면 그것으로 만족하게 된다.

흔히 많이 가져야 행복해질 수 있다고 생각한다. 하지만 소박하게 살던 시절을 돌이켜보면 그 시절이 얼마나 행복했는지 알게 되고 그때가 그리워진다.

'사소하지만 나를 행복하게 하는 것은 무엇일까?
오늘은 그것과 함께하며 그것에 감사하리라.'

친절

Three things in human life are important.
The first is to be kind. The second is to be kind. The third is to be kind.

살아가는 데 중요한 것이 세 가지가 있다.
첫째는 친절, 둘째도 친절, 셋째 역시 친절이다.

헨리 제임스 Henry James

의사들은 몸에 해로운 것을 삼가라고 말한다. 여기서 한걸음 더 나아가 친절을 베푸는 사람이 되어라. 어떤 상황이든 어떻게 하면 다른 사람에게 친절을 베풀 수 있을지 궁리하라. 설령 그에 대한 보답을 받지 못하더라도 남들에게 귀감이 되고 자신의 원칙을 지키며 살게 될 것이다.

'오늘 그들에게 한 가지라도 기분 좋은 일을 해주어야겠다.'

감사하는 마음

Let us rise up and be thankful, for if we didn't learn a lot today, at least we learned a little, and if we didn't learn a little, at least we didn't get sick, and if we got sick, at least we didn't die; so, let us all be thankful.

일어나면 항상 감사할지어다. 오늘 많은 것을 배우지 못했더라도 조금이라도 배웠을 테고, 조금도 배우지 못했더라도 최소한 아픈 데는 없을 테고, 만약 아팠다면 최소한 죽지는 않았으니, 우리 모두 감사할지어다.

부처

그 누구보다 더 어려운 상황에 처해 있는 사람이 오히려 그 누구보다도 자신이 가진 것에 감사하는 걸 본 적이 있는가? 우리는 위기에 처할수록 그동안 무심히 대했던 많은 것들에 감사하는 마음을 갖게 된다.
어려운 일을 당하지 않더라도 늘 자신이 가진 것에 감사할 줄 아는 것, 이것이 우리에게 주어진 축복이다.

'지금 바로 이 순간, 내가 얼마나 많은 복을 누리고 있는지 생각하며
오늘 하루를 시작해야겠다.'

나눌수록 좋은 것

The best way to cheer yourself up is to try to cheer somebody else up.

자신의 기운을 북돋우는 가장 좋은 방법은 다른 사람의 기운을 북돋워 주는 것이다.

마크 트웨인 Mark Twain

다른 사람이 곤란한 상황에 처했을 때 이를 헤쳐 나가도록 도와주다 보면 나도 모르게 내 문제들도 훨씬 더 가벼워지는 것을 느낀다. "네가 누리고 있는 축복을 헤아려 봐", "이 또한 다 지나갈 거야", "이 상황을 이겨낸다면 더 강해질 거야"라고 격려해 주다 보면 내 자신도 그 말에 마음이 움직이게 된다.

다른 사람의 어깨를 짓누르고 있는 짐을 조금이라도 가볍게 해줄 수 있다면 내가 지고 있는 짐도 가벼워진다는 사실을 깨닫는다.

'지금 내 주변에 힘겨워 하는 사람은 없을까? 그를 어떻게 도와주어야 할까?'

베풂

In charity there is no excess.

자선은 아무리 베풀어도 지나치지 않다.

프랜시스 베이컨 경 Sir Francis Bacon

"아프도록 베풀어라"라는 말이 있다. 그러나 내가 가진 것이나 내 마음을 남에게 베푼다고 해도 결코 아픈 것은 아니다. 오히려 기꺼이 베풀수록 더 많은 것을 얻게 된다.

'내 시간과 노력이 다른 사람에게 힘이 된다는 걸 명심하고 그 시간과 노력을 아끼지 말아야 겠다.'

용기

Courage is doing what you're afraid to do.
There can be no courage unless you're scared.

용기란 두려워하는 것을 하는 것이다.
두렵지 않으면 용기도 없다.

에디 리켄배커 Eddie Rickenbacher

실패를 두려워하지 않는 사람들이 있다. 그러나 알고 보면 그들은 두려움을 감추고 있는 건 아닐까? 어떤 사람들은 창피하더라도 두려움을 솔직하게 인정한다. 넘어져 코가 깨질까 두렵더라도 똑바로 일어나 최선을 다할 일이다.

'두려워도 괜찮아. 아무리 두려워도 나는 충분히 이겨낼 수 있으니까.'

먼저 행동하라

Humankind's ladder to God is a ladder of deeds.

인간이 신에게 가까이 갈 수 있는 사다리는 행동의 사다리다.

숄럼 아시 Sholem Asch

신앙과 도덕에 대해 따지고 말하는 것은 탁상공론일 뿐이다. 중요한 것은
행동이다.

모든 종교에는 공통된 황금률이 있다. 그것은 "남이 내게 해주기를 원하는
대로 남에게 하라"는 것이다. 그럼에도 불구하고 우리는 이 황금률을 실천
하는 데 너무나 인색하다.

'지금 내가 굳건한 신념으로 해야 할 일은 무엇일까?'

역경에서 배우는 것

Adversity draws men together and produces beauty and harmony in life's relationships, just as the cold of winter produces ice-flowers on the windowpanes, which vanish with the warmth.

창가를 덮은 얼음꽃이 따스한 햇살에 녹는 것처럼, 사람은 역경을 통해 서로 가까워지고 서로의 관계 속에서 아름다움과 조화를 피워 낸다.

쇠렌 키에르케고르 Søren Kierkegaard

큰일을 당하고 난 후에야 마음과 지갑을 열어 다른 사람을 돕는다. 어려울 때 친구를 도와주거나, 전혀 모르는 사람에게조차 발 벗고 나서기도 한다. 우리는 모두 남을 돕고자 하는 소망과 능력을 갖고 있다. 다만 자신에게 역경이 오기 전까지는 그 사실을 깨닫지 못할 뿐이다.

'힘들어 하는 사람을 도와주어야 한다면, 평소에도 그를 도와주어야 하지 않을까? 비록 내가 알지 못하는 사람일지라도 그를 위해 오늘 나는 무엇을 할 수 있을까?'

아직 갈 길은 멀고

낯설지만

바람은

늘 나를 설레게 한다

February

There is only one time when it is essential to awaken. That time is now.

반드시 깨어 있어야 할 유일한 시간은 바로 지금이다.

사고와 영성

Zen does not confuse spirituality with thinking about God while one is peeling potatoes. Zen spirituality is just to peel the potatoes.

선(禪)사상은 감자 껍질을 벗기면서 신을 생각하는 것이 영성인 것으로 착각하지 않는다. 선사상의 영성이란 그냥 감자 껍질을 벗기는 것이다.

앨런 W. 와츠 Alan W. Watts

우리는 세상을 생각 없이 사는 경우가 거의 없다. 아름다운 노을에 빠져들거나, 생각에 골몰하다가 노을이 지는 것을 알아차리지 못하는 경우도 있다.

우리가 사는 이 세상과 세상이 우리에게 주는 모든 것을 그대로 받아들이며, 감사하게 여길 줄 아는 것은 가치 있는 일이다. 지금 이 순간에 몰두하자. 피부에 닿는 햇살의 따사로움을 느끼고, 맑고 상쾌한 공기를 들이마시고, 이른 아침에 지저귀는 새소리를 들어 보자.

'그 어떤 표현에 얽매이지 말고, 가만히 눈을 감은 채 세상 속에 내가 들어가고 세상이 내 속에 들어오게 하자.'

하루하루를 충실하게

May you live all the days of your life.

생애 주어진 모든 날들이 알찬 삶이 되기를.

조나단 스위프트 Jonathan Swift

/

우리는 자주 마치 꿈에서 금방 깨어난 사람처럼 '언제 이렇게 시간이 흘러가 버렸지?' 혹은 '어제는 무슨 일이 있었더라? 지난주, 저번 달, 그리고 작년에는?' 하고 자문한다.

우리가 지구상에서 살 수 있는 날들은 우리의 생애에 주어진 날들뿐이다. 그럼에도 불구하고 우리는 얼마나 많은 날들을 무의하게 흘려보내고 있을까?

주어진 모든 날들을 알차게 산다는 것은 의식이 깨어 있는 매 순간마다 의미 있는 일을 하고 뭔가를 성취하라는 뜻이 아니다. 그 누구도 그렇게 살 수는 없다. 이 말은 내 삶은 물론 다른 사람의 삶도 좀 더 값진 인생이 되는 데 힘이 될 일을 하며 살기를 바란다는 의미다.

'오늘 정말 내가 살아 있음을 느낄 수 있는 뭔가를 해야지.'

기회는 잡는 사람의 몫

Chance is always powerful.
Let your hook be always cast: in the pool, where you least expect it,
there will be a fish.

기회란 강력하다. 항상 낚시 바늘을 던져두어라.
전혀 기대하지 않았던 물구덩이에서 물고기가 낚일 테니.

오비드 Ovid

노력하지 않으면 대학에 갈 수도, 새로운 직장을 구할 수도 없다. 운이 좋아 보이는 사람들은 알고 보면 기회가 왔을 때 기꺼이 자기 자신을 낚싯밥으로 던졌던 사람들이다.

우리는 기회가 왔을 때 이런저런 핑계를 대며 포기해 버리는 경우가 많다. 성공할 가능성이 거의 없다고 지레짐작하기 때문이다. 그러나 낚시 바늘을 기꺼이 물구덩이에 던지지 않는 한 대어는 결코 낚을 수 없다.

'평소 같으면 무심코 지나쳤을 기회가 있는지 찾아보고 기회가 오면 용기 있게 도전하자.'

긍정적인 성격

**People seem not to see that their opinion
of the world is also a confession of their character.**

사람들은 세상사에 대한 자신의 의견이
자신의 성격을 그대로 보여준다는 걸 잘 모르고 있는 듯하다.

랠프 월도 에머슨 Ralph Waldo Emerson

세상은 내가 바라는 것만큼 내가 행복해지는 데 눈길을 주지 않는다. 이는
누구나 아는 사실이다. 그러므로 세상사가 내 뜻대로 돌아가지 않는다고
불평해 본들 주변 사람들은 귀만 따가울 뿐이고, 나는 기분만 상할 뿐이다.
짜증을 내고 비판할수록 내 자신이 더욱 초라하고 성가신 존재가 된다.

'오늘은 부정적인 것들에 불평하기보다는 긍정적인 것을 칭찬하고 아껴야지.'

아이에게 관대하라

Be gentle with the young.

아이들에게 관대하라.

주브널 Juvenal

세상은 우리에게 많은 것을 요구하며 빠른 속도로 변하고 있다. 우리는 다른 이들에게서 많은 것을 기대하고 그들 역시 우리에게 많은 것을 바란다. 이는 어른들 사이에서는 그럴 수 있지만 아이들에게까지 많은 것을 바라고 기대하는 것은 문제다.

아이들에게 올바른 행실을 하고 친구들과 잘 어울리라고 가르치는 것도 중요하고, 늘 활발하게 뛰놀고 씩씩하게 크도록 보살피는 것 또한 중요하다. 그러나 그전에 아이들은 여전히 아이들일 뿐이며, 정신과 마음이 여리다는 사실을 절대 잊지 말아야 한다.

'아이가 짜증을 내더라도 화를 내기보다는 따뜻하게 안아 주어야겠다.'

시내보다 강물이 될 때

Never doubt that a small group of thoughtful, committed citizens can change the world. Indeed it is the only thing that ever has.

사려 깊고 헌신적인 시민들로 이루어진 소그룹이 세상을 변화시킨다는 사실을 결코 의심하지 마라. 세상은 이들에 의해 변화해 왔다.

마거릿 미드 Margaret Mead

어디를 가나 문제가 없는 곳은 없다. 이런 문제들을 어떻게 해결하고 개선할 것인가? 혼자 힘으로는 바꾸기 힘들지만, 규모에 관계없이 한데 힘을 모으면 변화를 이끌어 낼 가능성이 극적으로 높아진다.

학교에서도 선생님과 학부형이 힘을 모으면 학부형 혼자 애쓰는 것보다 더 많은 것을 이루어 낼 수 있으며, 주민 혼자 힘으로 하기보다는 지역 주민들이 함께 나설 때 그 지역은 좀 더 개선될 수 있다.

'내 힘으로 세상의 모든 문제를 해결할 수는 없어. 하지만 나와 같은 생각을 하고 있는 이들이 많아.'

선행

Courage is the ladder on which all the other virtues mount.

모든 선행은 용기의 사다리를 타고 오른다.

클레어 부스 루스 Clare Boothe Luce

자신이 기본적으로 곧은 사람, 높은 가치관을 갖고 올바르게 사는 사람이라고 생각하고 싶어 한다.

그러나 자신이 저지른 일에 대한 책임이 두려운 나머지 거짓말을 하거나, 성차별적이거나 인종차별적이거나 다른 사람의 마음에 상처를 주는 말을 듣고도 침묵한 적은 없는가? 불의를 보고도 뒤꽁무니 친 적은 없는가? 곧고 윤리적이며 올바른 사람이라고 자신할 수 있을까? 가치관에 따라 살고 가치관을 실현하려면 용기가 필요하다.

'나 혼자 편하게 살겠다고 내 인격과 양심을 무시하는 일은 하지 않을 거야.'

냉소적인 사람이 되지 마라

Never be a cynic, even a gentle one. Never help out a sneer, even at a devil.

비꼬는 것은 부드러운 말로도 하지 말고, 비웃음은 마귀에게라도 보이지 마라.

바첼 린지 Vachel Lindsay

오늘날 세상의 모든 대화는 냉소주의로 가득 차 있는 듯하다. 현실 문제에 그 즉시 비난하면 똑똑하고 잘난 사람으로 여겨지는 분위기다.

그러나 누구나 어렸을 때는 이러지 않았다. 아이들은 비록 절망에 빠지더라도 모든 것을 긍정적이고 열린 마음으로 있는 그대로 받아들인다. 아이들과 함께 있을 때 즐거워지는 이유는 아이들의 신선하고 밝고 지칠 줄 모르는 동심 때문이다.

'오늘 그 사람의 밝은 면만 바라보며, 빈정대는 말투는 꺼내지도 말자.'

나를 빛내는 건 바로 나

The self is not something ready-made,
but something in continuos formation through choice of action.

자아란 이미 완성된 것이 아니라
끊임없는 행위의 선택을 통해 지속적으로 만들어지는 것이다.

존 듀이 John Dewey

내 존재와 가치는 내가 날마다 하는 선택에 의해 규정된다. 내가 입는 것, 먹는 것, 모는 차, 하는 일, 사는 곳, 여가 시간을 보내는 법, 사람들을 대하는 태도, 자신을 대하는 태도 등이 모여 내 존재가 만들어지므로 늘 신중하고 사려 깊게 선택하고 조심해야 한다.

'오늘 내가 어떤 선택을 하는지, 그리고 그 선택 때문에 내가 어떤 사람으로 보이는지 곰곰이 생각해 보자.'

실수하면서 배우는 법

Mistakes are the portals of discovery.

실수는 발견으로 가는 관문이다.

제임스 조이스 James Joyce

실수를 좋아하는 사람이 어디 있으랴. 실수를 저지르면 창피하고 위축될 뿐만 아니라 무능하고 바보 같다는 자책감에 시달린다.

그러나 실수하지 않고는 새로운 것을 배울 수 없다. 설령 한 번도 실수하지 않는 사람이 있다고 해도 그런 삶은 얼마나 따분하고 지루하고 비생산적일까? 실수가 없었더라면 전혀 알지 못했을 가능성의 문을 우리는 실수를 통해 열 수 있다.

'지금이라도 일어날 수 있고 언젠가 하게 될지 모를 실수를 통해 오히려 더 많은 것을 배우는 법이겠지.'

미래를 상상하라

We need men who can dream of things that never were.

우리에게 절실한 것은
지금까지 전혀 존재하지 않았던 것을 꿈꿀 수 있는 사람들이다.

존 F. 케네디 John F. Kennedy

스스로에게 물어보라. 누구도 지은 적이 없는 건물을 상상할 수 있는가? 그 누구도 불러 보지 못한 노래를 지을 수 있는가? 그 누구도 고치지 못한 질병을 치료할 수 있는 방법은?

다행히 세상에는 남다른 상상력으로 이러한 것을 만들어 내는 사람들이 있다. 전자레인지, 개인용 컴퓨터, 인터넷, 휴대전화, 칼을 대지 않는 외과수술을 떠올려 보라. 이것들은 지금은 우리 주변에서 흔히 볼 수 있지만 몇십 년 전만 해도 상상조차 하지 못한 것들이었다.

'지금까지 존재하지도 만든 적도 없는 것들을 꿈꾸고 현실로 이루어 낸 사람들에게 감사해. 그들처럼 되고 싶고, 그들처럼 꿈을 현실로 만들어야지.'

행복은 마음먹기 나름

Most folks are about as happy as they make up their minds to be.

대부분의 사람들은 자신이 행복하고자 마음먹은 만큼 행복해진다.

에이브러햄 링컨 Abraham Lincoln

우리가 생각하는 행복에는 늘 조건이 따른다. 어떤 이들에게 행복의 조건은 좋은 사람을 만나는 것, 괜찮은 회사에 다니는 것, 혹은 더 좋은 집에 사는 것이다. 또 다른 사람들은 아기가 태어나기를, 월급이 오르기를 바라고, 계절이 바뀌면 행복해질 거라고 생각한다.

그러나 주변을 둘러보면 이런 조건들이 없음에도 행복한 사람들을 볼 수 있다. 그들은 왜 행복할까? 절대 이루어질 가능성이 없는 조건을 내세우고 행복이 찾아와 주기를 마냥 기다리는 대신, 지금 당장 행복하겠노라고 마음먹었기 때문이다.

'행복은 특별한 상황이 아니라 마음먹기에 달려 있고, 오늘도 나는 행복을 선택하고 행복해질 수 있어.'

좋은 친구를 사귀기 전에

Friendship makes prosperity more shining
and lessens adversity by dividing and sharing it.

우정은 함께 나누고 함께 공유함으로써 성공을 더 빛나게 하고,
고난은 더 가볍게 덜어 준다.

키케로 Cicero

뭔가 좋은 일이 일어났을 때, 그 소식을 친구에게 전해 주어야만 비로소 실
감이 나곤 한다. 친구가 기뻐할 때 내 기쁨도 더 커진다. 반면에 안 좋은 일
이 생기면 친구에게서 위로와 이해, 격려를 구한다. 친구가 공감해 주면 고
통은 줄어들고 희망은 샘솟는다.
이처럼 소중한 만큼 기쁜 일, 슬픈 일이 생겼을 때 그에게 보다 좋은 친구
가 될 수 있도록 늘 노력해야 한다.

'내 삶에 더없이 소중한 그들에게 가장 좋은 친구가 되도록 노력하자.'

사랑

Who, being loved, is poor?

사랑받는 이들 중에서 불쌍한 사람이 있는가?

오스카 와일드 Oscar Wilde

✉

비틀즈는 "돈으로는 사랑을 살 수 없다"고 노래했다. 사실이다. 사랑은 그 자체가 하나의 부유함이며, 그 어떤 물질적 부유함보다 더 소중하다. 이 소중한 부유함을 차분히 앉아 계산해 보면 우리가 얼마나 부유한지 깜짝 놀랄 것이다. 사랑하는 연인이나 배우자, 가족, 그리고 친구들, 이들의 사랑을 다 더해 보면 어마어마한 수치가 나올 것이다.

그러나 잊지 말아야 할 것이 있다. 사랑은 우정 같은 것이다. 따스한 마음으로 기꺼이 내주기 전에는 받을 것을 기대할 수 없다.

'오늘은 사랑하는 이들에게 "사랑해"라고 말할 거야. 진심을 담아 그렇게 말할 거야.'

용서

Life is an adventure in forgiveness.

인생은 용서를 전제로 한 모험이다.

노먼 커즌스 Norman Cousins

인간은 본질적으로 결함을 안고 태어난 존재다. 남에게 상처를 주거나 절망에 빠뜨리는 행동을 하기도 한다. 이런 행동은 고의일 수도 우연한 일일 수도 있다. 그 어떠한 경우라도 결과는 똑같다. 누군가에게 잘못을 저질렀고, 그는 상처를 입었다. 마음이 상했거나 화가 나면 그 감정을 마음속에 담아 두고 싶어진다.

그러나 내가 남에게 잘못할 수 있듯이 남도 내게 잘못하는 경우가 있음을 인정하고, 내 자신을 용서하고 싶듯이 남도 용서해 줄 수 있다면 세상은 보다 살기 좋은 곳이 되지 않을까?

'내게 잘못을 저지른 이들을 용서하도록 노력해야지.'

목표를 이루고 싶다면

A goal without a plan is just a wish.

계획 없는 목표는 한낱 꿈에 불과하다.

앙투안 드 생텍쥐페리 Antoine De Saint-Exupéry

삶의 목표가 무엇이냐고 물으면 사람들은 즉시 대답한다. 원하는 직장을 구하는 것, 새 사업을 시작하는 것, 악기를 배우는 것……. 하지만 그들은 그 목표를 이루기 위해 어떤 계획을 세웠는지 물어보면 우물쭈물한다.

목표를 갖는 것은 물론 중요하다. 목표가 없으면 지금 어디로 가고 있는지 알 수 없기 때문이다. 그런데 목표를 갖는 것은 쉽지만, 그 목표에 도달하기 위해 계획을 세우는 것은 쉽지 않다. 무엇부터 시작해야 할까? 목표에 도달하기까지 얼마나 걸릴까? 어떻게 해야 할까? 성공할 가능성은 얼마나 될까? 도와줄 사람은 누구일까?

'내 목표들 중 하나를 선택해, 이를 위한 계획을 한 단계 한 단계 세워야지.'

기도는 어디라도 좋다

The fact that I can plant a seed and it becomes a flower, share a bit of knowledge and it becomes another's, smile at someone and receive a smile in return, are to me continual spiritual exercises.

내가 뿌린 씨앗에서 꽃이 피고, 내가 나눈 지식이 남의 지식이 되고, 내가 누군가에게 보여준 미소가 내게 미소로 돌아오게 하는 것, 이런 것들은 내게 끊임없는 정신 수련 이다.

레오 버스카글리아 Leo Buscaglia

우리는 시간과 장소에 구애됨 없이 여러 가지 방식으로 정신 활동을 할 수 있다. 그러기 위해 반드시 교회나 절에 가서 기도를 드릴 필요는 없다. 살아 있는 매순간이 내가 세상 및 모든 사람들과 관계를 맺고 있음을 인식하고 감사를 표할 수 있는 절호의 기회다.

'마음을 열어 생명의 기적과 그 안에서 숨 쉬고 있는 나를 떠올리면서, 내 곁에 있는 자연과 사람들에게 감사해야지.'

항상 깨어 있어라

There is only one time when it is essential to awaken. That time is now.

반드시 깨어 있어야 할 유일한 시간은 바로 지금이다.

부처

눈을 뜨고 있는데도 마치 꿈을 꾸고 있는 것처럼 보낸 적은 없는가? 지금 살아가는 나날들은 내게 주어진 유일한 날들이므로 항상 깨어 있어야 한다.

'오늘도 깨어 있자.'

친절한 말

One kind word can warm three winter months.

따뜻한 말 한마디가 삼 개월의 추위를 녹인다.

일본 속담

친절한 말을 하는 것은 쉽다. 그러나 그보다 더 쉬운 것은 친절한 말 한마디 건네기를 잊어버리는 것이다. 누군가를 위해 문을 잡아 주거나, 길에 떨어진 쓰레기를 줍는 것처럼 사소한 일일지라도 내가 한 행동에 누군가 감사하다고 말해 주면 내 마음도 밝아진다. 그러나 바쁘게 살아가면서 이러한 친절을 서로 주고받는 것을 깜빡 하는 경우가 너무나 많다.

'가능하면 자주 친절한 말을 건네야겠다.'

유머의 힘

Humor is our way of defending ourselves from life's absurdities by thinking absurdly about them.

유머는 삶의 부조리를 비웃으며 우리를 보호하는 수단이다.

루이스 멈포드 Lewis Mumford

건강한 유머는 그 어떤 경우에도 우리에게 도움을 준다. 인간관계, 직장, 정치, 혹은 여러 가지 화나고 짜증나는 일이 있더라도 분노하는 것보다는 한바탕 크게 웃어 버리는 것이 훨씬 즐겁고 훨씬 도움이 된다.

일상생활에 유머를 곁들이면 스트레스 해소와 기분 전환에 도움이 될 뿐만 아니라 변화에도 더 잘 적응하고 세상을 보다 분명하게 볼 수 있다.

'짜증 내기보다는, 화를 돋우는 것들 중에서 웃을 수 있는 것들을 찾아봐야겠다.'

내 삶을 충만하게

One ought, every day at least, to hear a little song, read a good poem, see a fine picture and, if possible, speak a few reasonable words.

누구나 매일 최소한 한 번은 감미로운 음악을 듣고, 아름다운 시를 읽고, 훌륭한 그림을 감상하며, 한마디라도 좋은 말을 해야 한다.

요한 볼프강 폰 괴테 Johann Wolfgang von Goethe

일상생활에서도 얼마든지 멋진 경험을 할 수 있다. 단 몇 분이라도 여유를 갖고 좋아하는 음악을 듣거나 읽고 싶은 책을 읽거나 글을 쓴다면 큰돈이나 많은 시간을 들여 거창한 이벤트를 하는 것보다 훨씬 더 큰 기쁨과 만족을 얻을 수 있다.

'오늘은 내게 즐거움과 평화로운 시간을 허락해야겠다. 미술관에 가든, 음악을 듣든 내게 더없이 좋은 경험으로 만들자.'

변명은 하지 말자

It is better to offer no excuse than a bad one.

나쁜 변명을 할 바에는 아예 변명을 하지 않는 게 낫다.

조지 워싱턴 George Washington

누구나 실수를 한다. 문제는 실수 자체보다 실수를 한 뒤에 변명을 하느라 시간을 끌고 우물쭈물하는 것이다. 실수로 인해 얼마나 큰 낭패를 보았더라도, 그것을 변명하려고 할수록 낭패는 오히려 더 커질 뿐이다. '내가 잘못했다'고 속 시원하게 털어 내면 시간과 에너지를 낭비하지 않을 뿐만 아니라, 그럴수록 사람들은 당신에게 호감을 가질 것이다.

'어떤 실수를 하더라도 그것을 묵묵히 인정하고 하던 일을 계속 해 나가자.'

무엇을 남길 것인가

When you were born, you cried and the world rejoiced;
live your life so that when you die, the world cries and you rejoice.

당신이 태어났을 때 당신은 울고, 세상은 기뻐했다.
당신이 죽을 때는 세상은 울고 당신은 웃을 수 있는 삶을 살아야 한다.

화이트 엘크 White Elk

당신은 부유하지도 유명하지 않을 수도 있다. 친구나 가족 외에는 중요하지 않은 사람일 수도 있다. 그럼에도 불구하고 그 정도면 충분하다. 누구나 앞으로 남길 것을 지금 쌓아 가야 한다.

가족이나 친구에게 어떤 사람으로 기억되기를 바라는가? 지금, 그들은 당신을 어떻게 생각하고 있는가? 이 두 가지 질문의 대답을 찾았다면 앞으로 어떻게 살아야 하는지 알게 된다.

'그들에게 기쁨을 줄 수 있는 내 삶은 단 한 번뿐이야.'

함께 식사하는 즐거움

Sharing food with another human being is an intimate act
that should not be indulged in lightly.

다른 사람과 함께 식사를 하는 것은 결코 소홀히 해서는 안 될 친교 활동이다.

M. F. K. 피셔 M. F. K. Fisher

아침, 부엌에 선 채 커피 한 잔을 마시고 간단하게 밥을 먹은 후 서둘러 직장으로 향한다. 점심에는 편의점에서 사온 음식을 책상에서 대충 해결하거나, 패스트푸드점에서 사온 햄버거로 때우곤 한다. 그러다 저녁이 오면? 편안하게 식탁에 앉아 가족들과 오순도순 저녁을 먹기는 하는가?
아무리 소박한 밥상이라도 사랑하는 사람들과 함께하면 진수성찬을 먹는 듯하다. 함께 먹을 때 기쁨과 슬픔을 함께 나눌 수 있다.

'오늘은 사랑하는 사람들을 위해 요리할 거야. 냅킨을 깔고 제대로 식탁을 차릴 거야. 내친김에 촛불까지 켜면 금상첨화겠지.'

충고

Good advice is always certain to be ignored, but that's no reason not to give it.

충고는 거의 반드시 무시당하지만, 그렇다고 하지 말아야 할 이유는 없다.

아가사 크리스티 Agatha Christie

뭔가 어리석은 짓을 하고 난 후에야 '아차' 하며 누가 나한테 미리 주의를 주었으면 하고 후회한 적은 없는가? 잘 생각해 보면 아마 사전에 미리 주의를 받고도 이에 아랑곳하지 않고 그 짓을 저지른 경우가 훨씬 더 많았을 것이다.

우리는 자주 충고를 무시해 버린다. 그럼에도 불구하고 이로운 충고를 들어야 한다. 때로는 충고를 여러 번 들어야만 마음에 새기게 되는 경우도 있다.

'비록 내가 좋아하는 사람이 불쾌해 할지라도 이를 각오하고, 기분을 상하거나 잔소리하는 것처럼 들리지 않게 충고해 주어야겠다.'

넘어져도 괜찮아

It's not whether you get knocked down, it's whether you get back up.

쓰러지는 것보다 중요한 것은 다시 일어서는 것이다.

빈스 롬바르디 Vince Lombardi

아기가 걸음마를 배우는 것을 지켜본 적이 있는가? 기어 다니다가 걸음마를 하기 시작한 아기는 일어서는 횟수보다 더 많이 넘어진다. 그 때문에 울때도 있다. 그럼에도 아기는 다시 일어서서 걸어 보려고 한다. 걷고 싶은 마음, 그리고 새로운 세상을 만나보고 싶은 절실함이 아기로 하여금 계속 포기하지 않고 넘어져도 다시 일어서게 한다.

우리들도 그런 마음가짐을 간직할 수 있다면 얼마나 좋을까? '이런, 또 넘어졌네. 이제 다시는 걷지 않을 거야'라고 생각하는 아기는 없다. 그러나 어른인 우리들은 한 번 실패했다고 모든 것을 포기해 버린다. 한 번 잘못되면 앞으로도 계속 잘못될 것이라고 지레짐작한다. 툴툴 털고 일어나 다음 걸음을 떼려고 하지 않는다.

'때로 실패하기도 하지만, 나는 실패에서 배워. 안 될 수도 있다는 두려움을 무릅쓰고, 새로운 일을 시도할 때 예전에도 끈기 있고 꿋꿋하게 해서 성공한 적이 있음을 잘 알고 있잖아.'

신중하게 대답하라

To a quick question, give a slow answer.

질문은 급하게 받더라도 대답은 천천히 하라.

이탈리아 속담

순발력 있게 대답하면 누구나 부러워한다. 힘들이지 않으면서 순간적으로 재치 있게 답변하는 사람을 보면 감탄한다.

보다 사려 깊고 이성적인 말은 시간이 걸린다. 그러나 이런 말들은 기억에 오래 남는다. 순간적인 우스갯소리로 부러움을 받는 것보다는 지혜로운 사람으로 인정받는 것이 더 낫지 않을까?

'질문에 대답하기 전에 먼저 심사숙고하자. 그러면 생각 없이 불쑥 내뱉은 말보다 더 유익하고 진솔할 테니까. 무엇보다 중요한 건 나중에 그 말 때문에 후회하지 않을 테니까.'

분주하게 움직여라

Look at a day when you are supremely satisfied at the end. It's not a day when you lounge around doing nothing; it's when you had everything to do, and you've done it.

일과를 마친 후 만족스러웠던 날을 생각해 보라. 그날은 아무 할 일이 없이 빈둥거렸던 날이 아니라, 할 일이 태산 같아도 그 일들을 모두 해낸 날일 것이다.

마가렛 대처 Margaret Thatcher

정신없이 바쁘게 살다 보면 아무것도 할 일이 없는 날이 있었으면 싶어진다. 그런 날이 온다면 대낮까지 침대에서 빈둥거릴 수 있고, 아무에게도 방해받지 않고 좋아하는 책을 읽거나, 몇 시간 동안 텔레비전을 볼 수 있을 테니.

하지만 침대에 오랜 시간 누워 있거나 책을 읽다 보면 온몸이 근질거린다. 아무리 재미있는 텔레비전 프로그램에도 웃음이 나지 않는다. 그리고 등이 쑤셔 오기 시작한다.

'오늘 여가 시간에 성취감을 느끼려면 무엇을 해야 할까? 페인트칠을 하거나 자동차를 정비하는 대단한 일이 아니어도 괜찮아. 산책을 하거나, 빵을 굽거나, 방을 청소하는 것만으로도 충분해.'

March

You can't shake hands with a clenched fist.

주먹을 쥐고 있으면 악수를 나눌 수 없다.

적극적으로 행동하라

A positive attitude may not solve all your problems, but it will annoy enough people to make it worth the effort.

적극적으로 행동한다고 모든 문제가 해결되는 것은 아니지만, 최소한 애쓴 보람이 있도록 해 줄 수는 있다.

험 올브라이트 Herm Albright

소극적인 사람은 적극적인 사람을 탐탁지 않게 여긴다. 그의 확신에 찬 적극성이 자신의 연약함, 비겁함, 방종을 비난하는 것처럼 느끼기 때문이다. 반면에 적극적인 사람은 소극적인 사람 때문에 짜증스러워 하는 경우가 거의 없다. 소극적인 사람은 너무나 쉬운 상대인 탓에 대적해 본들 아무런 이득도 없기 때문이다.

'오늘은 괴팍하고 심술궂은 사람에게 긍정적으로 대해야지. 그들이 그런 내게 어떤 반응을 보일지 지켜보는 것도 재미있을 테니.'

자신감

Did you ever see an unhappy horse? Did you ever see a bird that had the blues? One reason why birds and horses are not unhappy is because they are not trying to impress other birds and horses.

불만에 찬 말을 본 적이 있는가? 울적한 새를 본 적이 있는가? 새나 말이 불행하지 않은 것은 다른 새나 말에게 잘난 척하려 애쓰지 않기 때문이다.

데일 카네기 Dale Carnegie

배가 나오면 남들이 나를 게으른 사람으로 볼까 봐 걱정하고, 차가 낡으면 남들이 비웃을까 봐 새 차로 바꾸고 싶어 하고, 말한 후에는 주위 사람들이 공감해 주기를 바란다.

때로 우리는 관객들 앞에서 연기하는 배우처럼 행동한다. 잘 해내고 있다고 생각하면서도 관객이 자신의 연기를 어떻게 생각하는지 알기 전에는 안도하지 못한다. 문제는 어떤 일이 일어나기 전, 심지어 그 일이 일어나고 난 후에도, 다른 사람들의 진짜 속마음을 결코 알 수 없다는 것이다.

'다른 사람이 나를 어떻게 생각하는지 중요하기는 하지만, 내가 내 자신을 어떻게 생각하는지보다 중요하지는 않아.'

창의력을 기르자

Every child is an artist. The problem is how to remain an artist once he grows up.

모든 아이들은 예술가다. 문제는 어떻게 어른이 된 후에도 예술가로 남을 수 있게 하느냐는 것이다.

파블로 피카소 Pablo Picasso

아이가 그림을 그려 부모에게 보여주면 부모는 "우와!" 하고 감탄하며 냉장고 같은 곳에 자랑스럽게 붙여 둔다. 그 그림이 얼마나 잘 그렸는지는 중요하지 않다. 아이의 기쁨을 함께 기뻐해 주고 아이의 창의력을 독려해 준다.

아이가 어른이 되어서도 이처럼 그의 창의력을 열성적으로 북돋아 주고 독려해 줄 수 있다면, 그리고 그의 결과물이 얼마나 잘되었는지 여부를 따지려 들지 않고 그 자체를 칭찬하고 독려해 줄 수 있다면 얼마나 좋을까?

'다른 사람의 아이디어가 생각보다 별로 좋지 않아도, 비판하기보다는 그의 뛰어난 상상력을 칭찬해 주어야겠다.'

믿음을 갖고 살자

Not truth, but faith it is that keeps the world alive.

세상을 살아 움직이게 하는 것은 진리가 아니라 믿음이다.

에드나 세인트 빈센트 밀레이 Edna St. Vincent Millay

우리는 평생 진리를 찾아 헤매지만, 자신에게 정말 소중한 것들에는 절대적인 믿음을 가져야만 한다. 인간관계가 원만하게 되리라 믿는다. 최선을 다해 노력하면 반드시 성공하리라 믿는다. 내가 다른 사람들을 정당하게 대우하면 그들도 내게 그렇게 하리라는 것 또한 믿는다.

이러한 믿음은 때때로 우리를 시험에 들게 하기도 한다. 그러나 이러한 믿음을 결코 잊지 않는 한 우리의 삶은 더 행복해진다.

'진리를 소중히 여겨야 하지만, 중요한 모든 것들이 반드시 진리를 기준으로 삼지 않는다는 것 역시 나는 잘 알고 있어.'

삶의 기쁨

When you arise in the morning, give thanks for the food and for the joy of living. If you see no reason for giving thanks, the fault lies only in yourself.

아침에 일어나면 일용할 양식이 있음과 살아 숨 쉬는 기쁨에 감사하라. 만약 기뻐해야 할 이유를 찾지 못한다면, 그 잘못은 모두 자신에게 있다.

테쿰세 추장 Chief Tecumseh

하루를 긍정적인 마음가짐으로 시작하면 온종일 기분이 밝아진다. 풀지 못한 문제나 걱정으로 전전긍긍하기보다는 얼마나 많은 축복을 받고 있는지 생각하라. 따스한 잠자리, 맛있는 양식, 좋은 옷, 직장, 늘 나를 든든하게 지켜 주는 가족과 친구들, 신선한 공기……. 그 무엇보다 이처럼 살아 있는 것이 얼마나 큰 행운인지 생각하라.

'아침에 눈을 뜨면 가장 먼저 축복이 내 삶에 얼마나 충만한지 감사해야겠다.'

책임을 선물하라

Few things help an individual more than to place responsibility upon him, and to let him know that you trust him.

그에게 책임감을 부여하고 그렇게 함으로써 내가 그를 믿고 있음을 알게 하는 것보다 그에게 더 큰 도움은 없다.

부커 T. 워싱턴 Booker T. Washington

✉

설명서를 읽는 것보다 실제로 해봄으로써 더 많은 것을 배운다. 아이에게 처음 설거지를 시키거나 혼자 집을 보게 할 때 불안이 앞선다. 접시를 깨면 어쩌지? 무슨 일이라도 생기면? 그러나 혼자 시도해 보지 않는 한 아이는 결코 설거지하는 법도, 자립심도 익힐 수 없다.

자신의 책임을 남에게 넘겨주는 것은 결코 쉬운 일이 아니다. 책임을 넘겨받을 사람이 나만큼 잘할 수 있을지 걱정이 앞선다. 그러나 모든 일을 나혼자 감당할 생각이 아니라면 다른 사람을 믿고 그 일을 맡길 수밖에 없다.

'다른 사람이 도움의 손길을 뻗었을 때 "고맙지만 제가 할게요"라고 거절하기보다는, 그를 믿고 일을 맡기는 것도 괜찮아.'

고난이 나를 키운다

The truth is that our finest moments are most likely to occur when we are feeling deeply uncomfortable, unhappy, or unfulfilled. For it is only in such moments, propelled by our discomfort, that we are likely to step out of our ruts and start searching for different ways or truer answers.

몹시 심란하거나 불행하다고 느낄 때, 혹은 실패할지 모른다는 걱정에 젖어 있을 때 가장 소중한 순간과 마주할 가능성이 높다. 불안감에 휩싸일 때 비로소 남에게 의지하는 태도에서 벗어나 다른 길을 찾거나 진정한 해답을 모색하기 때문이다.

M. 스코트 펙 M. Scott Peck

불행을 좋아할 사람은 아무도 없겠지만, 어려운 현실은 삶을 변화시키는 강력한 동기가 될 수 있다. 반대로 모든 것이 뜻대로 되기만 하면 나태해지고 정체되기 쉽다.

눈과 귀를 닫거나 안주하지만 않는다면 안락한 삶은 결코 문제되지 않는다. 어려운 현실을 더 나은 삶을 위한 계기로 삼는다면 지금 당장 불편한 것 역시 결코 문제되지 않는다.

'지금이 내 인생에 좋은 기회라면 그것을 마음껏 즐길 거야. 지금 힘들기는 하지만 이걸 이겨내고 더 강해질 거야.'

나는 혼자가 아니야

Friendship is born at that moment when one person says to another,
"What! You too? I thought I was the only one."

"너도 그렇게 생각해? 나만 그런 줄 알았는데"라고 말하는 순간 우정이 샘솟는다.

C. S. 루이스 C. S. Lewis

몇 년이 걸려야 친해지는 사람이 있는가 하면 만난 지 얼마 되지 않았는데
도 금방 친해지는 사람도 있다. 시간차는 있겠지만, 공통점을 갖고 있는 사
람들끼리 친해지는 법이다. 비슷한 생각을 하고 있는 사람들이 가까워진
다. 친구는 이 세상에 나 혼자만이 아니며, 나와 비슷한 취향, 습관, 신념 등
을 가진 사람이 있음을 알게 해 준다. 사회 문제에 나와 같은 생각을 하고
있거나, 내가 건네는 농담을 유쾌하게 받아 주거나, 똑같은 음식을 좋아하
는 사람과 함께하면 그렇지 않은가.

'사랑하는 친구에게 내 마음을 보여주려고 했지만 잘 안 될 때도 있어. 오늘은 그에게 내가 우
정을 얼마나 소중하게 생각하는지, 그리고 그가 있어 얼마나 감사한지 말해 주어야겠다.'

조화로운 세상을 만드는 것

So divinely is the world organized that every one of us,
in our place and time, is in balance with everything else.

이 세상은 훌륭하게 구성되어 있어,
언제 어디에 있더라도 누구나 다른 모든 것들과 조화를 이루고 있다.

요한 볼프강 폰 괴테 Johann Wolfgang von Goethe

세상이 신의 질서 혹은 자연의 질서 속에 있다고 믿든, 그런 특별한 질서는 없다고 믿든지를 떠나, 이 세상에 존재하는 모든 것들이 서로 연결되어 있음을 인정해야 한다. 이 세상은 우리에게 주어진 유일한 세상이며, 우리는 그 안에서 살고 있다. 아마존의 나비 한 마리가 날갯짓을 하는 것만으로 미국 텍사스에 폭풍을 일으킬 수 있다고 한다. 아주 작은 행동 하나가 엄청난 결과를 낳을 수 있다.

'난 기적을 믿어. 내가 할 일은 그 속에서 내 자리를 찾는 거야.'

우리를 꽃피게 하는 사람들

Let us be grateful to people who make us happy;
they are the charming gardeners who make our souls blossom.

우리를 행복하게 해주는 사람들에게 감사하자.
그들은 우리의 영혼이 활짝 꽃피게 하는 유쾌한 정원사들이다.

마르셀 프루스트 Marcel Proust

우리는 혼자만의 시간을 즐긴다. 그런 시간을 많이 가지지 못하는 것이 아쉽기만 하다. 그런데 사랑하는 가족이나 친구들과 함께하는 시간에도 혼자 있는 시간과 비교할 수 없는 행복을 누릴 수 있다. 살아온 날들을 곰곰이 돌이켜보라. 정말 행복했던 순간들 중에 사랑하는 사람들이 함께하지 않았던 때가 있었는가? 우리를 행복하게 해주는 이들과 늘 가까이 지낼 수 있다면 우리의 삶은 더 풍요로워질 것이다.

'오늘은 사랑하는 사람을 껴안아 주면서, 그가 내 곁에 있어 얼마나 행복한지 감사해야겠다.'

변화를 꿈꿔라

Change your thoughts and you change your world.

생각을 바꾸면 세상이 바뀐다.

노만 빈센트 필 Norman Vincent Peale

⁂

긍정적인 생각이 지닌 힘은 의심할 여지가 없다. 어떤 일을 하기도 전에 미리 제대로 해내지 못할 것이라고 단정해 버리면 실제로 제대로 이루지 못한다는 것은 확실한 사실이다. 반면에 '나는 할 수 있다'고 믿는다면 성공할 가능성이 훨씬 높아지며, 최소한 그만큼 더 노력할 수 있게 된다.

그런데도 우리는 반드시 잡아야 할 좋은 기회가 왔음에도 불구하고 오히려 이런저런 핑계를 대며 포기한다.

'부정적인 생각이 떠오른다면 그걸 서둘러 던져 버리고, 그 자리에 긍정적인 생각을 채워 넣어야겠다.'

이야기에 담긴 교훈

Everything's got a moral, if only you can find it.

모든 것에는 교훈이 담겨 있다. 문제는 그것을 찾을 수 있느냐 하는 것뿐이다.

루이스 캐럴 Lewis Carroll

모든 일에는 반드시 그만한 이유가 있다. 이유를 알 수 없는 때에는 억지로라도 이유를 붙이려고 한다. 그 일이 일어난 경위를 설명해야 하고, 그 일에 납득할 만한 논리나 질서가 있다고 믿어야만 만족한다. 때로는 타당한 이유도 없이 "그가 멍청해서 그래"라고 남 탓을 하거나 "그 외에는 도저히 설명이 안 되니까"라고 단정해 버리기도 한다.

그러나 이유를 찾는 것보다 더 중요한 것은 삶의 의미를 찾으려는 욕구를 존중하고 이에 충실히 따르는 것이다.

'이 일에서 나는 무엇을 배울 수 있을까?'

자신의 느낌에 충실하기

I pay no attention whatever to anybody's praise or blame.
I simply follow my own feelings.

나는 다른 사람이 뭐라고 칭찬하든, 비판하든 전혀 개의치 않는다.
나는 그저 내 자신의 느낌에 충실할 뿐이다.

볼프강 아마데우스 모차르트 Wolfgang Amadeus Mozart

우리는 본능적으로 많은 것을 알고 있다. 그동안 지내 온 세월과 경험 덕분에 좋아하는 것과 싫어하는 것을 알게 되었고, 무엇이 내게 도움이 되는지 그렇지 않은지, 무엇이 진실이고 무엇이 진실이 아닌지도 알고 있다.

우리는 자신의 직관을 믿어야 한다. 물론 직관에 충실하더라도 실수할 때도 있을 것이다. 그러나 이런 실수가 쌓이면 경험이 되고, 직관이 더 깊어지고, 다음에는 더 나은 선택을 할 수 있게 된다.

'남들이 뭐라고 하더라도 내 생각부터 정리해야겠다. 다른 사람들의 도움이 필요할 수는 있지만 그들의 생각까지 따를 필요는 없잖아.'

자연 속에서 다시 충전하라

The best remedy for those who are afraid, lonely or unhappy is to go outside, somewhere where they can be quiet, alone with the heavens, nature and God. Because only then does one feel that all is as it should be and that God wishes to see people happy, amidst the simple beauty of nature.

두렵고 외롭고 불행한 사람들에게 가장 좋은 치유 방법은 하늘, 자연, 그리고 신과 더불어 홀로 조용한 시간을 가질 수 있는 곳을 찾아가는 것이다. 그렇게 할 때 비로소 자연의 순수한 아름다움 속에서 신은 우리가 행복하기를 바라며 모든 것이 조화롭게 어우러진다는 것을 알 수 있기 때문이다.

안네 프랑크 Anne Frank

햇살이 따스하고 산들바람까지 불어오는 이처럼 기분 좋은 날, 우리는 행복과 세상의 평화, 그리고 감사를 느낀다. 빗속을 걷거나, 눈사람을 만들거나, 바람이 나무를 흔드는 것에도 행복을 느낀다.

자연은 우리가 단단히 설 수 있도록 지켜 준다. 겨울은 여름과 대지를 더 단단하게 하고 더 풍요롭게 해 준다. 바람은 꽃씨들을 날려 먼 곳에도 새로운 싹이 트게 해 준다.

'울적할 때는 자리에서 일어나 산책이라도 해야겠다. 자연의 아름다움과 조화로움에 귀를 기울이다 보면 기운도 샘솟을 테니.'

다가올 축복에 감사하자

Give thanks to unknown blessings already on their way.

나에게 다가오고 있는 그 알지 못할 축복들에 감사하라.

아메리카 원주민 속담

우리는 이미 주어져 축복을 헤아리거나 눈앞에 있는 멋진 선물에는 감사해 한다.

아직까지 받지 못한 축복에 대해 감사하려면 믿음이 필요하다. 내가 살아 있는 한 언제라도 이 세상의 풍요로움과 너그러움이 끊임없이 내게 축복을 줄 것이며, 그 축복이 어디서 언제 오더라도 그 축복에 감사할 것이라는 확신이 필요하다.

'지금까지 받았던 축복에 감사하며 다가올 축복에도 미리 감사하자.'

친구의 소중함

True friendship consists not in the multitude of friends,
but in their worth and value.

진정한 우정은 친구가 많고 적음이 아니라 그 깊이와 소중함으로 판단할 수 있다.

벤 존슨 Ben Jonson

누구나 파티를 즐기고, 저녁 모임으로 바쁘고, 친해지고 싶은 사람이 많았
으면 하고 바란다. 사람들에게 인기가 많고, 나를 좋아하는 이들이 많기를
바란다. 그러면서도 진정한 친구는 누구인지 찾아보게 되고, 곁에 그런 친
구가 많지 않다는 사실에 절망한다.

진정한 친구는 내가 도움이 필요할 때 지체 없이 달려와 "내가 도와줄 게
없어?"라고 묻는다. 귀에 거슬리지만 쓴소리도 기꺼이 해준다. 그런 친구
는 즐거운 때와 힘들 때 늘 나와 함께하며, 나를 마음으로 이해하며, 있는
그대로의 내 모습을 아끼고 사랑해 준다.

'진정한 친구를 가진 나는 행운아야. 나도 그에게 진정한 친구가 되어야지.'

손을 펴라

You can't shake hands with a clenched fist.

주먹을 쥐고 있으면 악수를 나눌 수 없다.

인디라 간디 Indira Ghandhi

싫어하는 사람이나 내 마음을 다치게 한 사람에게 정중하게 대해야 할 때
가 있다. 그럴 때 억지웃음을 보이며 되도록 무난하게 지내려고 애쓴다.
억지웃음 대신 진솔한 웃음을 보여주면 어떨까? 그에게도 좋은 점은 있지
않을까? 정말 그를 싫어해야 할 타당한 이유라도 있는가? 그가 가까이 할
친구는 아니더라도 가능성을 열어 두지 않는 한 결코 그 답을 알 수 없다.

'특별히 좋아하지 않는 사람과 마주할 때, 그의 생각과 말에 관심을 기울여 보자. 어쩌면 내가
미처 알지 못한 새로운 면을 알게 될지도 모르잖아.'

유머 넘치는 사람이 되자

**A sense of humor is part of the art of leadership,
or getting along with people, of getting things done.**

유머 감각은 리더십 기술이자, 사람들과 잘 어울리고 일을 성사시키는 요령이다.

드와이트 D. 아이젠하워 Dwight D. Eisenhower

안 좋은 상황에 처했어도 호탕하게 웃을 수 있다는 것은 누구라도 탐낼 훌륭한 자질이다. 가족이나 친구처럼 편안한 사람들과 함께 있을 때뿐만 아니라 가깝지 않은 사람들 앞에서도 자신 있게 유머 감각을 발휘하라. 그러면 일을 더 수월하게 해낼 수 있을 뿐 아니라 주위 사람들도 덩달아 기분이 좋아진다.

'개그맨들은 아무것도 아닌 것조차 유쾌하고 재미있게 말해. 내가 그들이 될 수는 없지만 그래도 유머가 넘친다면 나 자신은 물론 주위 사람들이 훨씬 더 행복해지겠지.'

결정은 신중하게

Never cut a tree down in the wintertime. Never make a negative decision in the low time. Never make your most important decisions when you are in your worst moods. Wait. Be patient. The storm will pass. The spring will come.

겨울철에는 절대 나무를 자르지 마라. 힘겨운 상황에 처했을 때는 부정적인 결정을 내리지 마라. 침울할 때 중요한 결정을 내리지 마라. 기다려라. 인내하라. 폭풍은 지나 갈 것이다. 그리고 봄이 올 것이다.

로버트 H. 슐러 Robert H. Schuller

일이 뜻대로 되지 않을 때 우리는 그런 상황을 바꾸고 싶어 한다. 그 결과, 필요하지도 않은 엉뚱한 물건을 사기도 하고, 정말 필요한 것을 버리기도 한다. 일이 잘못 될 것 같은 두려움에 기회를 놓치기도 한다. 혹은 이번에는 잘 할 거라고 생각하며 전과 똑같은 실수를 저지르기도 한다.

'기분이 안 좋을 때는 문제를 올바로 보고 제대로 판단할 수 있을 때까지 잠시 기다려야지.'

행복하려고 애쓰기보다는

If only we'd stop trying to be happy, we'd have a pretty good time.

행복해지려고 아등바등하는 것을 멈출 수만 있다면 우리는 행복해질 것이다.

에디스 와튼 Edith Wharton

비싼 요리를 먹거나, 호화로운 휴가를 보내거나, 성대한 파티를 열고, 명품을 사는 등, 우리는 행복해지기 위해 많은 시간과 돈, 에너지를 사용한다. 그런데 이런 것들이 행복을 안겨 주리라 믿지만 사실 이런 행복은 오래 가지 않는다. 과식으로 속이 쓰리거나, 화려한 휴가가 끝난 후 밀린 일을 해야 할 때, 성대한 파티를 끝낸 뒤 뒤처리를 해야 할 때, 잔뜩 기대하고 산 값비싼 옷이 생각만큼 어울리지 않는다는 사실을 알게 될 때면 처음의 행복은 서둘러 끝나 버린다.

그러나 소소한 일상들에서 늘 행복을 찾는다면 정말 근사하고 빛나는 시간을 보낼 수 있을 것이다.

'행복을 굳이 멀리서 찾을 이유가 없어. 행복은 그 어떤 때라도 마음먹기에 달린 문제니까.'

친구에게서 발견하는 내 참모습

The best mirror is an old friend.

가장 좋은 거울은 오랜 벗이다.

조지 허버트 George Herbert

오랜 시간 알고 지낸 사람이야말로 나의 참된 모습이 무엇인지 알려준다. 오래 사귄 친구는 내 장점과 단점을 정확하게 알고 있을 뿐만 아니라, 내가 가식적으로 행동하거나 과장되게 반응할 때도 내 속마음을 알아챈다. 그들을 통해 내 참모습을 들여다봐야 할 때가 있다.

'누구보다 나를 잘 알고 내게 바른말을 해 주는 걸 두려워하지 않는 오랜 친구가 있다는 게 너무나 행복해.'

생각의 차이

We are all something, but none of us are everything.

누구나 중요한 사람이지만, 어느 누구보다 중요한 사람은 없다.

블레즈 파스칼 Blaise Pascal

✉

우리는 자신을 필요 이상으로 잘났다고 생각하거나 자신을 과소평가하는 경향이 있다. 자신을 잘났다고 생각하다가 갑자기 못난 자신을 책망하는 등 갈팡질팡하는 이들도 있다.

누구나 이 세상에서 중요한 존재다. 모든 사람들이 다 중요하다. 하지만 자신이 이 세상 어느 누구보다 중요하고 잘났다는 생각은 멀리해야 한다.

'나를 과장하지 않아도 지금 나는 행복한걸.'

잠재력을 믿어라

There are admirable potentialities in every human being. Believe in your strength and your youth. Learn to repeat endlessly to yourself, "It all depends on me."

누구나 놀라운 잠재력을 갖고 있다. 자신의 능력과 젊음을 믿어라. 그리고 끊임없이 자신에게 말하라. "모두 다 내 하기 나름이야"라고.

앙드레 지드 André Gide

젊든 나이가 들었든 자신의 능력을 믿어야 한다. 안 된다고 생각하면 아무 것도 이루어 내지 못한다.

'나는 할 수 있다, 나는 할 수 있어!' 긍정적인 생각과 말은 놀라운 효과를 가져다 줄 수 있다. 그런데도 불구하고 우리는 이 사실을 너무나 자주 잊은 채 살아간다.

'나는 뭐든 해낼 수 있으며, 지금 내가 하는 일이 내게 얼마나 중요한 일인지 되새길 거야.'

그 일에 최선을 다하라

"I have done my best." That is about all the philosophy of living one needs.

"나는 최선을 다했다." 이 인생 철학 하나면 충분하다.

린 유탕 Lin Yutang

우리는 항상 최선을 다하지는 않는다. 때로는 내키지 않는 일이라면 대충 해 버리거나, 중요하지 않은 일은 성의 없이 처리하거나, 꼭 해야 할 일이 아니라는 이유로 할 생각조차 하지 않기도 한다. 최선을 다하지 않았을 때는 자신의 무책임함과 게으름 때문에 한숨이 나오기도 한다.

삶은 복잡하게 얽혀 있다. 그래서 모든 일을 완벽하게 해내지 못할 수도 있다. 하지만 그 일이 아무도 알아주지 않는 것이라도 최선을 다할 수는 있다.

'모든 일이 항상 마음먹은 대로 되지 않을지라도, 내게 주어진 시간을 소중하게 여기며 무엇을 먼저 해야 할지 따져 최선을 다할 거야.'

화낼수록 나만 손해야

Anger can be an expensive luxury.

분노는 돈이 많이 드는 사치다.

이탈리아 속담

화를 낼 때 실수를 얼마나 많이 저지르는지 아는가? 화난 채 설거지를 하다가 그릇을 떨어뜨리기도 하고, 주차하려고 후진하다가 기둥에 박기도 하고, 잘못하지 않은 사람을 큰 소리로 꾸짖기도 한다. 그런 실수들은 화를 더 키울 뿐이다. 결국에는 자기 자신에게 화가 나고 만다.

화를 내지 않기로 결심하거나 가능한 한 빨리 화를 누그러뜨려야 한다. 그렇다고 해서 다른 사람들이 나를 아무렇게 해도 상관없다는 말은 아니다. 침착하고 건설적으로 행동할 수 있도록 문제를 넓게 보라는 말이다.

'화를 낼 이유가 있다고 반드시 화를 낼 이유는 없잖아. 왜 불만스러운지, 화를 내는 게 내게 얼마나 이득인지, 화를 낸 다음에는 어떻게 해야 할지 곰곰이 생각하는 게 먼저 아닐까?'

친구일수록 예의를 갖추어라

It is wise to apply the oil of refined politeness to the mechanisms of friendship.

우정이라는 기계에 예의라는 정제된 기름을 바르는 것이 현명한 행동이다.

콜레트 Colette

우리는 친구를 가장 편안한 자세로 대한다. 친구라는 이유로 특별하게 대할 마음도 느끼지 않는다. 그럼에도 불구하고 친구는 나를 당연히 사랑해주는 사람이라고 생각해, 그를 대수롭지 않게 여긴다.

왜 가장 가까운 사람들에게 인색하고, 그들의 관심과 사랑을 당연하게 여기는 걸까? 커피를 가져다주는 레스토랑 종업원에게는 예의 바르게 행동하면서 왜 가장 친한 친구에게는 기분이 좋지 않다는 이유로 미소조차 보여주지 않는 걸까?

'전혀 모르는 사람이나 한두 번 인사를 나눈 사람과 마주하듯 친구들에게도 예의를 갖추어야겠다. 내가 그렇게 하면 친구들이 깜짝 놀라겠지만, 그걸 싫어하지 않을 거야.'

긍정적인 태도

A strong positive mental attitude will create more miracles than any wonder drug.

강인하고 긍정적인 태도는 그 어떤 특효약보다 더 많은 기적을 만들어 낸다.

패트리샤 닐 Patricia Neal

우리는 긍정적인 사고가 어떻게 우리 신체에 긍정적인 효과를 내는지 제대로 이해하지 못한다. 그것이 사실이라는 것만은 잘 알고 있다. 연구 결과에 따르면, 긍정적인 환자들이 부정적인 환자들보다 회복 속도가 더 빠르다고 한다. 우리는 플라시보 효과의 힘 또한 잘 알고 있다.

긍정적인 태도만으로 병을 치료할 수는 없다. 하지만 긍정적인 태도는 병을 극복하는 데 큰 도움이 된다. 이처럼 아플 때 긍정적인 태도가 도움이 된다면, 아프지 않을 때는 그 효과가 얼마나 더 클까?

'무슨 일이 생기더라도 긍정적인 태도로 대처해야지.'

포부는 크게, 목표는 분명하게

Far away there in the sunshine are my highest aspirations. I may not reach them, but I can look up and see their beauty, believe in them, and try to follow them.

햇볕이 내리쬐는 저 멀고 높은 곳에 야망이 있다. 거기에 도달할 수 없을지 모르지만, 고개를 들어 그 아름다움을 보고, 그것을 믿고, 그에 따르려 노력할 수는 있다.

루이자 메이 올컷 Louisa May Alcott

우리는 오늘이나 이번 주에 해야 할 간단한 목표를 정한 뒤 해야 할 일들을 다이어리에 적어 둔다. 장보기, 세탁물 찾아오기, 세차하기 등의 사소한 일들을 해낼 때마다 후련해지기는 하지만, 이런 것들은 삶의 진정한 의미를 찾는 데는 보탬이 되지 않는다.

큰 포부를 담아 목표를 세워라. 어깨를 당당하게 펴고 최선을 다하라. 그리고 목표로 나아가는 마음가짐을 결코 잊지 마라.

'장기적인 목표들을 적은 뒤, 그것을 늘 잊지 않도록 눈에 잘 띄는 곳에 붙여 두어야겠다.'

만족할 줄 알아야 해

You can never get enough of what you don't need to make you happy.

행복을 얻는 데 필요하지 않은 것들은 아무리 많이 가져도 늘 충분하지 않다.

에릭 호퍼 Eric Hoffer

우리는 항상 더 많은 것을 원한다. 더 많은 재산, 더 많은 인기……. 그 어떤 것이라도 현재에 만족하지 못한다. 좀 더 많이 가져야만 행복할 수 있다고 생각한다.

이런 어리석음에서 깨어나야 한다. 현재 갖고 있는 것에서 아무런 행복도 찾을 수 없다면, 그걸 더 많이 가진다고 해서 과연 행복할 수 있을까? 제로는 아무리 더해도 제로에 불과하다.

'내가 갖고 있는 것에 행복을 느껴야겠다. 더 많이 원하기 전에 그것이 내게 행복을 가져다줄 만한 것인지 반드시 따져 봐야겠다.'

매일 춤추자

Every day brings a chance for you to draw in a breath,
kick off your shoes, and dance.

심호흡을 한 뒤 신발을 벗어 던져 버린 채 춤을 출 수 있는 기회는 날마다 온다.

오프라 윈프리 Oprah Winfrey

기회가 오면 자리에서 일어나 실없는 사람으로 보일지라도 그 기회에 자
신을 내맡겨야 한다. 인생은 짧다. 열정적으로 살아 보자.

'오늘은 춤을 추자. 나 혼자여도 좋고, 사랑하는 사람과 함께 추어도 좋아.'

신뢰

It is better to suffer wrong than to do it,

and happier to be sometimes cheated than not to trust.

누군가의 잘못으로 내가 고생하는 것이 내가 잘못을 저지르는 것보다 낫고,
남을 믿지 못하는 것보다 속아 넘어가는 편이 훨씬 행복하다.

새뮤얼 존슨 Samuel Johnson

우리는 늘 남에게 이용당할까 두려워 벽을 만든다. 자신을 보호하기 위해
잘 알지 못하는 사람은 의심부터 한다.

매사에 조심하는 것은 좋은 일이다. 우리를 속이려 드는 사람들이 있기 때
문이다. 그러나 누군가에게 속아 넘어가는 것이 일어날 수 있는 최악의 사
태는 아니다. 그보다 더 나쁜 것은 늘 남들을 믿지 못해 냉정해지고 폐쇄적
인 사람이 되는 것이다.

'나를 보호하기 위해 남을 경계하는 편이기는 하지만, 사람들의 있는 그대로의 모습을 볼 수
있도록 노력할 거야.'

내가 밝히는 빛이

환하지 않아도

그로써 길을 찾는

사람이 있다

April

The ornament of a house is the friends who frequent it.

집을 아름답게 꾸미는 최상의 장식은 집을 자주 찾아오는 친구들이다.

비전이 있는가

Human beings, by changing the inner attitudes of their minds,
can change the outer aspects of their lives.

내면의 태도를 바꿈으로써 삶의 외면도 바꿀 수 있다.

윌리엄 제임스 William James

어떤 사람들은 비전이라고 하고 어떤 사람들은 이를 몽상, 재구성, 청사진을 그려보는 것, 긍정적으로 생각하는 것이라고 말한다. 전문 용어로는 인지 요법이라고 부른다. 또 다른 사람들은 그것을 뭐라고 부르든 상관하지 않고 행동부터 하기도 한다. 자신이 바라는 행동이나 목표, 결과 등을 곰곰이 생각한 후 그것을 마음속에 그려봄으로써 실현 가능성을 높이는 이들도 있다.

물론 생각만 한다고 해서 그 일이 실제로 이루어지는 것은 아니다. 하지만 비전을 갖고 있으면 바라는 것을 실천하기가 수월해진다.

'내 인생의 목표가 있는데, 이걸 실현하려면 어떻게 해야 할까?'

희망을 가져라

Hope costs nothing.

희망은 비용이 들지 않는다.

콜레트 Colette

불가능에 봉착했을지라도 희망만은 절대로 놓쳐서는 안 된다. 희망을 가지는 데는 비용이 전혀 들지 않으며, 희망이 없으면 반드시 추락한다. 희망이 없으면 전진도 없다. 필연이라고 여기는 것을 가만히 앉아 기다릴 뿐이다. '미리 손을 썼더라면 상황이 달라질 수 있었을 텐데.' 하지만 그 답은 어느 누구도 모른다. 다만 시도하지도 않는다면 가만히 앉아 당한다는 것은 장담할 수 있다.

'모두 잘 될 거라는 희망을 갖자. 그리고 희망을 실현하려면 무엇을 어떻게 해야 할지 찾아보자.'

누구도 아닌 스스로 하라

Chop your own wood and it will warm you twice.

자신이 쓸 땔감을 직접 자르면 두 배 더 따뜻해진다.

헨리 포드 Henry Ford

가정에서나 직장에서나 우리는 도움을 주고받는다. 그러나 집 안을 내 손으로 청소했을 때는 깨끗한 집에 더 흐뭇해지고, 직접 메뉴를 짜서 요리하고 차린 음식이 훨씬 더 맛있다.

될 수 있는 한 내 손으로 필요한 일을 해내면 더 만족스러울 뿐만 아니라, 아무리 사소한 일을 해냈더라도 '나는 능력 있고 쓸모 있는 사람'이라는 흥분을 맛볼 수 있다.

'평소라면 남에게 시키거나 건너뛰고 말았을 일을 오늘은 내가 직접 해보자. 청소기를 사용하는 대신 빗자루를 들어 보자.'

조화로운 삶

Happiness is when what you think, what you say,
and what you do are all in harmony.

자신의 생각과 말과 행동이 조화롭게 일치될 때, 그것이 바로 행복이다.

마하트마 간디 Mahatma Gandhi

신념에 따라 사는 것은 쉬운 일임에도 불구하고 우리는 그것을 제대로 해내지 못한다. 정직해야 한다고 생각하면서도 귀찮은 일에 끼어드는 것이 싫어 거짓말을 하거나, 친절해야 한다고 말하면서도 누군가 도움을 요청해 오면 얼른 다른 곳으로 피해 버린다.

언행이 일치하는 사람이 되고자 노력하면 훌륭한 사람을 뛰어넘어 행복한 사람이 될 수 있다. 자신의 신념에 따라 살면 올바른 행동이 무엇인지, 어떤 상황에 어떻게 대응해야 올바른지 고민할 필요가 없다.

'나는 신념이 분명하며, 신념에 따라 내 삶에 최선을 다할 거야. 그렇게 하기 위해 내 생각과 말과 행동이 똑같이 일치하도록 노력할 거야.'

기지 機智

Tack is the knack of making a point without making an enemy.

기지는 적을 만들지 않으면서도 내 주장을 펼치는 요령이다.

아이작 뉴턴 Sir Isaac Newton

自身이 옳다고 생각하면 다른 사람들도 그렇게 생각해야 되는 줄 안다. 그러나 의견을 피력할 때 하품을 하고 헛기침을 하는 등 딴청을 부리는 이들이 있다. 내 의견에 동의해 주지 않을 때 실망감은 이루 말할 수 없다.

분명한 의견을 갖고 있는 것은 좋다. 그러나 자신의 의견을 마치 몽둥이를 휘두르듯 강요한다면 내 의견이 아무리 옳다고 해도 그 누구도 호응하지 않을 것이다. 내 의견을 낼 때는 좌중을 압도하는 기지를 발휘하라.

'대화를 나눌 때 혹시 내가 강압적이지는 않은지 살펴보면서도 내 의견을 재치 있으면서도 분명하게 말하자.'

왜 많이 가질수록 더 가난해질까

It is not the man who has too little, but the man who craves more, that is poor.

가난한 사람은 가진 게 적은 사람이 아니라 더 많은 것을 탐내는 사람이다.

세네카 Seneca

행복해지기 위해서는 생각보다 많은 것이 필요하지 않다. 남들보다 많이 가졌으면서도 오히려 불행하다고 느낀 적은 없는가? 많이 가졌다는 것은 그만큼 관리해야 할 것이 더 많아졌다는 뜻이며, 신경 써야 할 것이 더 많다는 말이며, 그만큼 더 복잡해졌다는 말이다.

그 누구도 원하는 것을 모두 가질 수는 없다. 하지만 누구나 이미 갖고 있는 풍족함 속에서 행복을 찾겠다고 생각을 바꿀 수는 있다.

'받고 싶은 것이 몇 개나 되는지 따져 보기보다는 내가 이미 갖고 있는 축복들을 헤아려 보는 하루가 되어야겠다.'

할 수 있는 만큼 하면 돼

If you can't feed a hundred people, then just feed one.

백 명을 먹여 살릴 능력이 안 된다면 단 한 명만이라도 구호하라.

테레사 수녀 Mother Theresa

지구촌 곳곳에서 벌어지는 가슴 아픈 뉴스를 접할 때면 가슴이 답답해진다. 내가 도와줄 엄두조차 나지 않을 만큼 엄청난 재앙이 세계 곳곳에서 벌어지고 있다. 더구나 내게는 도움을 줄 여력도 없다.

그러나 내게 도움이 될 만한 여력이 없다고 낙담하기보다는, 아무리 작은 것이라도 내가 해 줄 수 있는 일을 생각해 보는 것이 옳지 않을까? 빈곤한 이들을 위해 봉사 단체에 기부를 할 수도 있다. 아픈 친구에게 따뜻한 죽을 주는 것도 좋고, 주위의 외로운 노인에게 안부를 물어볼 수도 있다.

'어려움에 처한 이웃을 위해 오늘 내가 할 수 있는 일은 뭐가 있을까? 그것이 비록 사소한 일이라도.'

물질적인 풍요

Prosperity is only an instrument to be used, not a deity to be worshiped.

풍요는 도구일 뿐, 숭배해야 할 신이 아니다.

캘빈 쿨리지 Calvin Coolidge

돈이 많으면 좀 더 편하게 살 수 있는 것은 사실이다. 밀린 각종 청구서를 걱정할 필요가 없고, 그러면 다리를 쭉 뻗고 편하게 잘 수도 있다.

문제는 돈이 없는 것이 아니라 돈으로 자신과 다른 사람들의 가치를 재려는 것이다. 돈 때문에 마음에 내키지 않는 일을 하기도 하고, 이웃 사람이 나보다 돈이 많다는 이유만으로 그가 나보다 더 똑똑하고 중요한 사람이라고 단정하기도 한다.

'돈은 나 자신과 이웃을 위해 좋은 일을 하는 수단이지 그 자체가 목표는 아니라는 사실을 명심하자.'

행복의 비결

To be kind to all, to like many and love a few, to be needed and wanted by those we love, is certainly the nearest we can come to happiness.

모든 사람에게 친절하고, 많은 사람들을 좋아하고, 특별한 몇몇 사람을 사랑하고, 사랑하는 이들에게 필요한 존재가 되는 것, 이것은 분명히 행복에 더 가까이 다가가는 일이다.

메리 로버츠 라인하트 Mary Roberts Rinehart

행복은 아무도 풀지 못하는 문제가 아니다. 그 누구에게도 행복은 손닿는 곳에 있다. 다만 이 사실을 알지 못할 뿐이다.

행복의 비결은 남들에게 대접받고 싶은 대로 남을 대접하는 것이다. 그것으로 충분하다. 강아지에게 공을 던져 주면 강아지가 그 공을 물고 돌아오듯, 사랑과 친절은 늘 내게 되돌아온다. 다른 사람을 행복하게 할 때 나도 행복해진다.

'나를 사랑하고 내가 사랑하는 사람들이 있으니, 이것만으로도 나는 행복해.'

결과를 겸허하게 받아들이자

You can do anything in this world if you're prepared to take the consequences.

어떤 결과라도 기꺼이 받아들일 용의가 있는 한 이 세상에 못할 일은 없다.

W. 서머싯 몸 W. Somerset Maugham

어떤 일에 선뜻 뛰어들지 못하고 머뭇거리는 것은 어떻게 해야 할지 잘 몰라서가 아니다. 그 일에 뛰어들었을 때 일어날 수 있는 결과를 미리 염려하기 때문이다. '남들이 나를 멍청하다고 생각하면 어쩌지?', '이러다 적이 생기면 어쩌지?', '생각대로 이루어지지 않으면 어쩌지?'…….

어떤 일이든 성공하거나 실패할 확률은 반반이다. 큰 업적을 이룬 사람들은 이 사실을 알고도 이에 아랑곳하지 않고 행동한 사람들이다.

'난 그 어떤 부정적인 결과와 반응도 감당해 낼 수 있을 만큼 강해.'

함부로 비난하지 마라

Let him who is without sin cast the first stone.

죄 없는 자가 먼저 돌을 던져라.

예수

누구나 다른 사람을 비난하고 싶은 유혹을 느낀다. 때로는 재미 삼아 남을 험담하고, 때로는 다른 사람이 한 말이나 행동 때문에 상처를 입기도 한다. 누구나 비난당하는 것을 싫어한다. 물론 누군가 비난할 때는 그만한 이유 가 있을 것이다. 그러나 그렇게 냉정하고 무자비하게 비난해야만 할까? 누 구나 나름대로 최선을 다하려 애쓰고 있다는 것을 모르는 걸까? 누구도 완 벽하지 못한데, 그게 그렇게 잘못된 걸까?

'선입견과 편견 때문에 다른 사람을 비판할 수도 있어. 하지만 난 그렇게 하지 않을 거야. 내 가 내 결점과 실수에 관대하듯이 다른 사람의 결점과 실수에도 관대해질 거야.'

지나친 꼼꼼함은 그만

Our life is frittered away by detail… Simplify, simplify.

꼼꼼하게 챙기다가 인생이 다 지나가 버린다. 단순하게 살아라, 단순하게 살아라.

헨리 데이비드 소로 Henry David Thoreau

/

우리는 자질구레한 일정으로 가득 찬 다이어리를 늘 챙기고 다닌다. 그중 많은 것을 해냈다고 해도 하루 일과를 마친 후 돌이켜보면 뭔가 할 일을 빼먹은 것처럼 느낀다.

이렇게 생각해 보자. 그런 목표 중에서 몇 달이 지나도 아직 달성하지 못했다면 그 목표는 애당초 내게 중요하지 않은 것일지도 모른다.

'많은 일들 중에서 어느 것을 먼저 해야 하는지, 중요하지 않은 것은 무엇인지 구분해 좀 더 단순하게 살자.'

새로운 지평선

**The real voyage of discovery consists not in seeking new landscapes
but in having new eyes.**

진정한 탐험은 새로운 풍광을 찾는 것이 아니라 새로운 시야를 찾는 것이다.

마르셀 프루스트 Marcel Proust

휴가를 가면 모든 것이 신기하다. 눈을 크게 뜨고, 새로운 것을 경험하고,
새로운 곳을 찾아간다. 기분이 들뜨고, 보이는 것들이 모두 흥미롭다.
그러나 집에 돌아오면 너무나 많은 것을 대수롭지 않게 여긴다. 습성에 젖
어 눈앞에 있는 것조차 보이지 않는다. 관광객들이 먼 거리를 마다하고 찾
는 관광 명소가 지척에 있어도 좀처럼 방문할 생각을 하지 않는다. 찾아보
려는 노력조차 기울이지 않은 탓에 수많은 기회를 놓치고 만다.

'관광객인 것처럼 내가 사는 동네를 한번 돌아보자. 매일 대수롭지 않게 지나쳤지만, 이곳을
처음 방문한 사람이라면 뭘 흥미로워 할까?'

관심과 신념

One person with a belief is equal to a force of ninety-nine who have only interests.

신념이 있는 단 한 사람은 관심만 있는 아흔아홉 명의 힘과 맞먹는다.

존 스튜어트 밀 John Stuart Mill

무언가를 위해 전심전력을 다할 때 우리는 그 누구도 막을 수 없는 강한 존재가 된다. 이는 그 무언가를 진심으로 믿을 때 가능하다. 그것은 지지하는 후보가 훌륭한 일을 해낼 것이라는 신념일 수 있고, 내가 한 일 덕분에 다른 사람들의 삶의 질이 향상될 것이라는 신념일 수도, 특정 종교에 대한 신념일 수도 있다.

열정적으로 행동할 때 용기를 잃지 않으며 포기하지 않고 끝까지 해낼 수 있다. 그리고 이런 신념에 감동받은 다른 사람들이 동참할 수 있다.

'내가 소수에 속하는 때조차도, 아니 소수에 해당한다면 더더욱 분발해 내 신념을 행동으로 보여줄 거야.'

경험이 인격을 만든다

Character cannot be developed in ease and quiet. Only through experience of trial and suffering can the soul be strengthened, ambition inspired, and success achieved.

인격은 편안하고 고요한 환경에서 성장되지 않는다. 시행착오와 고통을 통해서만 영혼이 강해지고 패기가 생기며 성공할 수 있다.

헬렌 켈러 Helen Keller

지금보다 좀 더 편안하게 살았으면 하고 바랄 때가 있기는 하지만, 우리는 어려운 시기를 거치고 시련과 맞서 싸우면서 성장한다는 것을 잘 알고 있다. 존경받는 이들은 처음부터 모든 것이 주어진 상황에서 그처럼 된 것이 아니다. 그들은 열심히 노력하고 심지어 어느 누구보다 많은 고난을 치른 후에야 비로소 그만한 업적을 이룰 수 있었다.

'모든 비극과 좌절을 잘 견뎌 낼 거야. 그런 것들이 달갑지는 않지만, 힘든 시기에 오히려 인격이 단련된다는 걸 결코 잊지 않을 거야.'

삶은 충분히 살아볼 만해

It's faith in something and enthusiasm for something that makes life worth living.

인생이 살 만한 이유는 무엇인가에 대한 신념과 열정이 있기 때문이다.

올리버 웬들 홈스 Oliver Wendell Holmes

삶을 회의적이고 냉담하게 생각하며, 인생을 다 겪어 본 사람처럼 행동하는 것은 바람직하지 않다. 그런 태도와 행동을 보면 슬퍼진다. 어떤 사람은 사는 게 지루하고 흥미로운 게 하나도 없다고 말한다. 이런 생각이 그 자신을 지루하고 재미없는 사람으로 만들고 만다.

어떤 것에도 흥미를 느끼지 못하고 관심도 없는 사람과 어울리는 것은 얼마나 지루하고 재미없을까?

'다른 사람들이 뭐라고 하건 나는 열정을 갖고 세상과 마주할 거야.'

친구들과 함께하는 즐거움

The ornament of a house is the friends who frequent it.

집을 아름답게 꾸미는 최상의 장식은 집을 자주 찾아오는 친구들이다.

랠프 월도 에머슨 Ralph Waldo Emerson

집이 더럽거나, 요리를 잘 못하거나, 가구가 너무 낡았다는 이유로 친구들을 초대하기가 망설여질 때가 있다. 그러나 친구들이 내 집을 찾는 이유는 내가 왕족처럼 살고 있기 때문이 아니다. 그들은 단지 나를 좋아하고 나와 함께 즐거운 시간을 보내고 싶기 때문이다.

친구들이 함께 모여 즐거운 시간을 나누는 집은 그것만으로 포근하고 아름답다.

'변명은 그만하자. 빠른 시일 안에 친구들을 집에 초대해 즐거운 시간을 보내야겠다.'

다정스러움과 열정

Tenderness is greater proof of love than the most passionate of vows.

다정스러움은 그 어떤 정열에 찬 서약보다 더 위대한 사랑의 증거다.

마를레네 디트리히 Marlene Dietrich

영화를 보면 주인공들은 과장된 몸짓, 완벽한 사랑의 언어, 그리고 뜨거운 열정으로 사랑을 표현하곤 한다. 그것을 보면서 누군가는 '내 사랑은 왜 영화처럼 되지 못할까?' 생각한다.

다정스러움은 과장되고 극적인 영화와는 어울리지 않는다. 다정스러움은 온순하고, 개인적이며, 극적인 긴장감도 없다. 우리는 영화 속에 살고 있는 것이 아니라 현실 세계에 살고 있다. 현실 세계에서는 포옹이 필요한 사람이 누군지 잘 알아보는 사람이 격정적인 포옹으로 사랑을 표현하는 사람보다 더 이상적인 애인이다.

'사랑하는 사람의 작은 애정 표현이 나는 정말 좋아. 그가 나를 정말 사랑하고 있다는 걸 알게 되니까.'

뜻밖의 행복

My life has no purpose, no direction, no aim, no meaning,
and yet I'm happy. I can't figure it out. What am I doing right?

내 인생에는 목표도, 방향도, 목적도, 의미도 없다.
그런데도 나는 행복하다. 왜 그런 걸까? 나는 뭘 제대로 하고 있는 걸까?

찰스 슐츠 Charles Schulz

뚜렷한 이유도 없이 기분이 좋아진다. 이런 기분을 분석하려고 하지 마라.
그대로 즐기면 그만이다.

'기분이 좋을 때는 내가 행운아라 생각하고 그 행복을 만끽해야지.'

정신적인 행복

I never thought that a lot of money or fine clothes—the finer things of life—would make you happy. My concept of happiness is to be filled in a spiritual sense.

나는 단 한 번도 돈이나 고급 의상, 그 밖에 부귀를 상징하는 것들이 행복을 가져다준다고 생각하지 않았다. 내가 생각하는 행복이란 영적 차원에서 충만한 것이다.

코레타 스콧 킹 Coretta Scott King

우리는 부귀를 상징하는 것들이 아름다운 봄날, 아이들의 사랑, 별이 빛나는 밤처럼 정신적인 것들과 똑같은 만족을 주지 않는다는 사실을 잘 알고 있다. 그럼에도 불구하고 우리는 많은 시간을 백화점에서 보내고 만족감을 주지도 못할 물건을 사기에 바쁘다.

정신적으로 충만하고자 한다면 어디로 가야 할까? 어떤 사람은 교회나 절에 갈 것이다. 그러나 정신적인 행복은 그곳이 혼자만 있는 곳이든 많은 사람들이 있는 곳이든 언제 어디서나 만날 수 있다.

'나는 내 옷을 좋아하고 돈이 있으면 좋기는 하지만, 그보다 먼저 정신이 풍요로워지고 싶어. 그게 어디라도 상관없고, 매일 잠깐 시간을 내어 조용히 내 삶을 되돌아보는 것도 괜찮아.'

나를 키운다는 것

There's only one corner of the universe you can be certain of improving,
and that's your own self.

우주에서 우리가 고칠 수 있는 것은 딱 한 가지밖에 없다. 그것은 바로 우리 자신이다.

올더스 헉슬리 Aldous Huxley

우리는 세상을 보다 나은 곳으로 만들기 위해 궁리하고, 이런 생각을 귀담아 들어 줄 사람, 심지어 듣고 싶어 하지 않는 사람과도 더불어 이야기하려고 한다. '정부는 어떻게 운영되어야 하는가?', '지역 내 상인들은 어떻게 장사해야 하는가?', '기업들은 어떻게 사업해야 하는가?', '내가 아끼는 친구들은 어떻게 살아야 하는가?' 이런 모든 아이디어를 자신에게 적용해 본다면 우리는 자신을 보다 수월하게 성장시킬 수 있으며, 생각만큼 우리가 많은 해답을 갖고 있지 않다는 사실을 깨닫게 된다.

'내 생각이 괜찮은 편이긴 하지만 그렇다고 다른 사람이 내 생각을 반드시 귀담아 들을 필요는 없어. 그들은 그들 나름대로 생각하는 게 있고, 내가 그러기를 바라는 것처럼 그들의 생각을 존중해 주어야 해.'

인내심을 갖자

Patience is the companion of wisdom.

인내심은 지혜의 동반자다.

성 아우구스티누스 St. Augustine

우리는 인내심이 없는 세상에 살고 있다. 항상 초조하게 발을 구르고, 입술을 깨물거나, 손에 쥔 열쇠를 흔들어 댄다. 잠시의 기다림도 질색할 뿐만 아니라 점잖게 기다리는 법도 없다. 무슨 문제가 생기면 당장 해결책을 찾고 싶어 성급하게 달려든다.

그러나 지혜는 아직 굽지 않은 빵 반죽과 같아, 부풀기를 기다려야만 맛있는 빵을 만들 수 있다.

'비록 그렇게 되기를 바라며 마음 졸이지만, 모든 것이 바로 지금 이 순간에 일어나기를 바라지는 말자.'

말보다 실천이 우선이다

A meowing cat catches no mice.

우는 고양이는 쥐를 잡을 수 없다.

유태인 속담

우리는 해야 할 일을 하는 것보다 말을 먼저 앞세우는 데 더 많은 시간을 들인다. 이는 자신이 일을 제대로 하고 있는지 확인하고 싶어서이기도 하고, 조언을 받을 수 있을까 기대하기 때문일 수도 있다. 아니면 행동으로 옮기기는 어렵지만 말하는 것은 쉬우므로 그러는 건지도 모른다.

'하겠다고 말만 앞세우지 말고 행동으로 보여주자.'

고요함

Never be afraid to sit awhile and think.

한동안 앉아 사색에 잠기는 것을 절대 두려워하지 마라.

로레인 핸스버리 Lorraine Hansbury

우리의 삶은 항상 북적거린다. 주변에는 소음들이 끊임없다. 자동차, 비행기, 기계에서 나오는 소리를 비롯해 사람들이 만들어 낸 것도 있고, 새와 벌레, 바람, 천둥 등 자연의 소리도 있다.

이 때문에 혼자 조용히 지낼 수 있는 기회가 드물고, 그런 기회가 생겼다고 해도 오히려 조용함이 낯설어 불안해한다. 집에 돌아오면 텔레비전부터 켠다. 자동차에 잠시 앉아 있을 때 라디오 채널을 돌리기에 바쁘다. 산책할 때도 이어폰을 꽂고 음악을 들어야 안심한다.

그러나 가끔은 아무 소리도 들리지 않는 조용함을 즐길 필요가 있다.

'고요함을 즐기는 것은 한 푼도 들지 않는 최고의 즐거움이야. 아무 소리도 들리지 않는 곳에서 사색하는 것을 빠뜨리지 말아야지.'

승리와 패배

More people are ruined by victory, I imagine, than by defeat.

패배보다는 승리 때문에 몰락하는 사람이 더 많다.

엘리너 루스벨트 Eleanor Roosevelt

패배를 당당하게 인정하지 못하는 사람들은 대하기 힘들지만, 승리에 지나치게 자만하는 사람을 대하기는 그보다 더 어렵다. 자신이 남보다 우월하며 따라서 승리하는 게 당연하다고 여기는 사람에게는 승리가 재앙으로 가는 지름길이 될 수 있다. 물론 승리하기까지 그만한 노력을 했을 것이다. 그러나 모든 승리에는 어느 정도의 행운이 따른다. 그리고 상대방 역시 열심히 노력했을 것임을 잘 알고 있다.

이것을 기억하라. 패배는 정신력과 각오를 보다 집중하고 다질 수 있는 한 가지 방법이다. 패배했을 때와 마찬가지로 승리했을 때 배우지 못한다면 다음번에는 행운이 따르지 않을지도 모른다.

'나는 이기는 걸 좋아하고, 승리를 자축하는 것도 좋아해. 하지만 나는 이겼다고 해서 내가 남들보다 뛰어나다는 착각은 결코 하지 않을 거야.'

과욕에 빠지지 마라

A human being has a natural desire to have more of a good thing that he needs.

인간은 천성적으로 필요한 것보다 더 많은 것을 바란다.

마크 트웨인 Mark Twain

사람들은 눈앞에 훌륭한 요리가 있으면 배가 부르면서도 계속 먹는다. 보기에 좋고 먹기도 좋은 것이 있을 때는 충분히 먹을 만큼 먹었으면서도 숟가락을 놓지 않는다.

그러나 우리는 배가 부른 후에 먹는 음식은 처음 먹을 때만큼 맛있지 않다는 것을 잘 알고 있다. 과하게 먹은 후에 찾아오는 더부룩하고, 심지어 토할 것 같은 불쾌함도 잘 알고 있다. 음식이 한창 맛있을 때 숟가락을 놓을 수만 있다면 그 식사는 이후에도 즐거운 추억으로 남을 것이다.

'음식이든, 쇼핑이든, 파티든 나는 어디까지가 적당한지 알고 있어. 그 이상 욕심 부리지 않도록 조심해야지.'

다른 사람들을 위한 시간

You must give some time to your fellow men. Even if it's a little thing, do something for others—something for which you get no pay but the privilege of doing it.

주변 사람들에게 반드시 시간을 할애해야 한다. 비록 작은 일이라도 돈을 벌기 위해서가 아니라 그 일을 하는 것이 자신에게 주어진 특권이라는 생각으로 베풀어라.

알베르트 슈바이처 Albert Schweitzer

누군가가 내 도움을 받아들여 준다면 이는 그들이 나를 존중하고 신뢰하고 있다는 뜻이다. 내 도움을 받아들인다는 것은 내가 도움을 주는 위치에 있다고 해서 그들이 나약하거나 불쌍하다는 말이 아니다. 내가 그들보다 우월해서 그들에게 베풀거나 그들이 나보다 모자라 도움을 청하는 것이 아니라, 그들이 나를 존중하고 나 역시 그들을 신뢰하기 때문이다.

크든 작든 소중하지 않은 선물은 없다. 남에게 주는 만큼 내게 돌아오지 않는 선물도 없다.

'오늘은 다른 사람을 위해 뭔가를 해야지. 그게 거창한 것이 아니라도 좋아. 작은 성의만으로도 큰 보람을 얻을지 모르잖아.'

나를 보여주는 것

It's where we go, and what we do when we get there, that tells us who we are.

우리가 가는 곳, 그리고 그곳에 도달했을 때 하는 행동이 진정한 우리를 말해 준다.

조이스 캐럴 오츠 Joyce Carol Oates

우리는 매일 어디로 갈지를 선택한다. 그중에는 휴가를 어디에서 보낼지 같은 중요한 선택을 하기도 한다. 하지만 대부분은 사소한 선택들이다. '오늘은 커피를 어디에서 마실까?', '어떤 양말을 신을까?', '어디에서 식료품을 살까?'…….

이런 평범한 선택들도 우리가 어떤 존재인지를 말해 준다. 백화점에서 물건을 사는가? 아니면 집 앞 가게에서 사는가? 이런 선택에는 옳고 그름이 없다. 다만 이런 선택들은 우리의 가치관을 말해 준다.

'일상적인 볼 일을 어디에서 할지, 어디에서 휴식하고, 어디에서 여가 시간을 즐길지 주의를 기울이자. 그 선택 하나하나가 내 참모습을 보여주는 것일 테니.'

한계

One cannot collect all the beautiful shells on the beach.

한 사람이 해변의 예쁜 조개껍질을 모두 주울 수는 없다.

앤 모로 린드버그 Anne Morrow Lindbergh

숲속에 별장을 짓고 싶고, 이국적인 섬으로 낭만적인 여행을 떠나고 싶고, 명문 대학에 들어가 좋은 학점을 받고도 싶다. 그런데 이 모든 것을 이루기에는 시간이 너무 부족하다.

원하는 것을 가지려고 하기보다는 지금 갖고 있는 것으로, 그리고 앞으로 갖게 될 것으로 충분히 만족스러운 삶을 누릴 수 있다.

'멋진 경험을 많이 해보았으니, 나는 참 운이 좋은 편이야.'

불꽃을 피워라

Any committee is only as good as the most knowledgeable, determined, and vigorous person on it. There must be somebody who provides the flame.

그 어떤 단체가 얼마나 훌륭한지는 거기에 소속한 사람들 중 지식과 결단력, 추진력이 가장 높은 사람에 따라 결정된다. 반드시 집단에는 불꽃을 일으키는 사람이 있게 마련이다.

레이디 버드 존슨 Lady Bird Johnson

어떤 모임에서든지 그 활동에 불을 붙이는 사람이 최소한 한 명은 존재한다. 파티에 가든, 회의에 참석하든, 혹은 동네 모임이든, 그 모임에 활기를 불어넣어 주고 집중할 수 있게 해 주는 사람이 꼭 필요하다.
그 모임에 단 한 사람도 부정적인 사람이 있으면 모처럼 타기 시작한 불꽃이 꺼져 버릴 수 있다. 이런 상황에서는 부정에 부정으로 대응하기보다는, 다시 한 번 활력이 타오르도록 하는 것이 현명하다.

'나는 마음만 먹으면 불꽃을 일으키는 사람이 될 수 있어.'

Hope for a miracle. But don't depend on one.

기적을 소망하라. 그러나 기적에 의존하지는 마라.

행복은 어디에나 있다

Happiness often sneaks in through a door you didn't know you left open.

행복은 종종 열어 둔 줄 몰랐던 문으로 슬그머니 들어온다.

존 배리모어 John Barrymore

좋아하는 텔레비전 프로그램, 친한 친구와의 외출, 화단 가꾸기 등 나를 행복하게 하는 것이 무엇인지 잘 알고 있다. 행복해지기 위해 여유를 챙기는 것은 그다지 놀랄 일이 아니다.

그러나 알고 보면 행복은 미처 생각하지 못했던 곳에서 불쑥 찾아오기도 한다. 설거지할 때를 떠올려 보라. 싱크대에 서서 따뜻한 물과 거품이 가득한 스펀지로 그릇들을 씻으면서 그날 일어났던 일들을 돌이켜본다. 그러는 중에 처음에는 산더미같이 쌓였던 지저분한 그릇들이 어느새 깨끗하게 닦여져 언제라도 다시 꺼내 쓸 수 있도록 제자리에 놓여 있곤 한다. 이것을 지켜보며 미처 생각하지 못했던 행복감에 젖기도 한다.

'행복은 생각하지 못한 방식으로 나를 찾아오고, 그런 행복을 받아들이도록 마음의 문을 열어 두자.'

나를 사랑하라

**You, yourself, as much as anybody in the entire universe,
deserve your love and affection.**

네 자신이야말로 세상의 그 누구 못지않게 네 사랑과 애정을 받을 자격이 있다.

부처

우리는 자신에게 너무 엄격하다. 거울을 볼 때 신체적 단점만 보고, 하루를 되돌아보면 실수했던 일들만 떠오른다. 때로는 아무 잘못도 하지 않았는데 자신을 다그치기도 한다.

그럼에도 불구하고 그들은 나를 좋아하고 심지어 사랑해 주기까지 한다. 그들은 내가 보지 못하는 내 참모습을 보는 걸까? 자신에게 솔직한 것도 중요하지만, 자신을 아끼고 사랑할 줄도 알아야 한다. 자기 자신을 사랑하는 사람은 다른 사람에게도 더 많은 사랑을 베풀 수 있다.

'나는 좋은 사람이고 늘 최선을 다하려 애써. 다른 사람을 친절하게 대하듯이 나 자신에게도 친절하게 대하자.'

실패를 성공으로

Success is the ability to go from one failure to another
with no loss of enthusiasm.

성공이란 실패를 거듭하면서도 열정을 잃지 않는 능력이다.

윈스턴 처칠 Sir Winston Churchill

우리는 너무나 빨리 낙담한다. 한 번 시도해 보고 제대로 되지 않으면 포기
해 버린다.

토머스 에디슨이 우리처럼 했다면 전구가 발명되기까지 한참 더 걸렸을
것이다. 라이트 형제가 한두 번 추락했다고 포기했다면 비행기 여행도 오
랜 뒤에야 가능해졌을 것이다. 그러나 에디슨과 라이트 형제, 그리고 역사
상 수많은 이들이 거듭된 실패에도 끈질기게 포기하지 않고 마침내 성공
을 일구었다.

'시도할 때마다 반드시 성공하지 못하지만, 그래도 괜찮아. 중요한 것은 계속 노력하는 것이
니까.'

거룩한 호기심

The important thing is not to stop questioning. Curiosity has its own reason for existing. One cannot help but be in awe when he contemplates the mysteries of eternity, of life, of the marvelous structure of reality. It is enough if one tries merely to comprehend a little of this mystery every day. Never lose a holy curiosity.

중요한 것은 질문하기를 멈추지 않는 것이다. 호기심에는 그만한 이유가 있다. 영원, 삶, 현실의 경이로운 구조 등, 이런 신비들을 생각해 보면 경외감이 들 정도다. 이런 신비를 조금이라도 이해하려고 매일 노력하는 것만으로도 충분하다. 거룩한 호기심을 결코 잃지 말아야 한다.

알베르트 아인슈타인 Albert Einstein

정신적인 신념이 무엇이든 간에 우리의 경험에 비추어 그것을 시험해 보면 그 신념은 더욱 깊어진다.

우리의 삶, 우리가 사는 이 지구, 광활한 우주 등 모든 것은 보면 볼수록 신비롭다. 지금 이 순간, 이곳에 우리가 존재하고 있다는 것은 얼마나 큰 행운인가. 왜 우리가 여기 있는지, 여기에 있다는 것은 무엇을 의미하는지에 대한 호기심을 결코 잃지 말자.

'밤하늘에 빛나는 별을 보면 경이로움과 행복을 느껴. 별들은 내게 무슨 의미로 다가올까? 매일매일 해답을 찾고 이해하도록 노력하자.'

우리의 사명

Treat the earth well. It was not given to you by your parents, it was loaned to you by your children. We do not inherit the earth from our ancestors, We borrow it from our children.

지구를 잘 다루어라. 그것은 너희 부모가 너희에게 준 것이 아니라, 너희가 너희 자녀로부터 빌려 쓴 것이다. 우리는 지구를 조상으로부터 물려받은 것이 아니라, 우리의 자녀들로부터 빌려 쓰고 있는 것이다.

아메리카 원주민 속담

우리는 이 세상에 주인이 아니라 손님으로 와서 짧은 일생을 머물다 간다.
따라서 다른 사람의 집에 방문하는 것처럼 예의바른 손님이 되어야 한다.
지구를 잘 대접하고, 다음 세대가 우리가 즐긴 것을 그대로 즐길 수 있도록
곱게 쓰다 물려주어야 한다.

'방에서 나갈 때 불을 끄고 빈 깡통과 빈병을 재활용하는 것까지 지구를 잘 보존하기 위해 할
수 있는 일은 많아. 이런 일들이 대수롭지 않게 보일지라도 모든 사람이 이렇게 행동한다면
큰 효과를 얻을 수 있겠지.'

일과 오락

Work and play are words used to describe the same thing under differing conditions.

일과 오락은 각기 다른 조건 하에서 이루어지는 같은 활동이다.

마크 트웨인 Mark Twain

하는 일이 신날 때는 얼른 잠자리에서 일어나 하루 일과를 시작하고 싶어 한다. 활기 넘치게 직장에 출근하고, 아무리 오랜 시간 일해도 기분 좋게 집에 돌아올 수 있다. 행복한 기분 속에서 일하면 시간이 어떻게 지나갔는지 모르게 하루가 지나간다.

일은 우리를 정신적으로 지치게 할 수도 있지만 반드시 그런 것은 아니다. 최악의 상황에서도 긍정적으로 생각하고 일에 전념할 수 있다.

'오늘 하는 일에서 더 큰 보람을 얻으려면 어떻게 해야 할까?'

어떤 결과를 맺고 싶은가

Both tears and sweat are salty, but they render a different result.
Tears will get you sympathy; sweat will get you change.

땀과 눈물은 둘 다 짜지만 각기 다른 결과를 낸다.
눈물은 동정을, 땀은 변화를 가져다준다.

제시 잭슨 Jesse Jackson

불공평하다고 불만스러워 하고 짜증내는 데는 많은 에너지가 소모되지만, 우리는 너무나 쉽게 에너지를 소비하면서까지 불평불만을 멈추지 않는다. 우리가 하는 불평이 옳은 것일 수도 있고, 실제로 불공평한 대접을 받았을 수도 있다. 다른 사람이 날 골탕 먹였을 수도 있고, 소풍 가는 날 아침에 하필이면 비가 올 수도 있다. 그러나 불평하기보다는 주어진 상황을 보다 긍정적으로 바꾸기 위해 더 노력한다면 내게 이득이 될 뿐만 아니라 주변 사람들도 행복해질 수 있다.

'일이 뜻대로 되지 않아 불평을 쏟고 울고 싶어져도 이런 감정을 털어 버리고 하던 일에 열중해야겠다. 지금 하는 일에 더 집중해야 할까? 다른 방법을 시도해 볼까? 아니면 계획을 변경해야 할까? 그래도 내가 상황을 호전시키기 위해 해야 할 일은 의외로 단순하고 쉬운 일일 거야.'

소박한 기쁨

Teach us delight in simple things.

사소한 것에 기뻐하도록 우리를 가르치소서.

러디어드 키플링 Rudyard Kipling

반드시 돈이나 멋진 장난감이 있어야 즐거운 시간을 보낼 수 있는 것은 아니다. 봄날 새 소리, 꽃향기, 아이들의 얼굴에 넘치는 미소처럼 찾아보면 세상은 우리를 기쁘게 해 주는 것들로 가득 차 있다.

'오늘은 나를 기쁘게 해 주는 것들을 생각해 봐야겠다. 그것들이 아무리 소소할지라도.'

위안을 주는 사람이 되자

Grant that we may not so much seek to be consoled as to console.
To be understood as to understand.

그들에게 위로받으려 하기보다 그들을 위로하게 하소서.
그들에게 이해받기보다 그들을 이해하게 하소서.

아시시의 성 프란체스코 St. Francis of Assissi

다른 사람들이 도움을 주기를 바라기보다 그들을 도와준다면 우리는 보다 좋은 사람이 될 뿐만 아니라 보다 행복해질 수 있다.
다른 사람을 이해하려면 자신의 의견을 앞세우거나 귀를 닫지 말아야 한다.

'내가 필요할 때 사람들은 내게 위안과 위로를 주었어. 그처럼 나도 다른 사람에게 좋은 사람이 되어야지.'

진정한 종교

**True religion is real living; living with all one's soul,
with all one's goodness and righteousness.**

진정한 종교는 참되게 사는 것이다. 자신의 혼신을 다해,
자신이 가진 모든 선함과 정의로움을 바쳐 사는 것이 진정한 종교다.

알베르트 아인슈타인 Albert Einstein

종교를 가진 사람도 있고 종교가 없는 사람도 있다. 종교가 있어도 자주 예배 의식에 참여하는 사람도 있고 한두 번만 참석하는 이들도 있다. 어떤 경우라도 깊은 믿음에 따라 알차게 살아간다면 그것은 참된 종교를 갖고 있다는 것이다.

'내 종교적 신념을 지키면서 살아야겠다.'

남 탓 말고, 노력을 아끼지 마라

A man can get discouraged many times,
but he is not a failure until he begins to blame somebody else and stops trying.

사람은 누구나 여러 번 좌절할 수 있지만, 다른 사람을 탓하지 않고
노력을 포기하지 않는 한 그 누구도 실패자라고 말할 수 없다.

존 버로스 John Burroughs

일이 바라는 대로 되지 않을 때가 있다. 아무리 노력해도, 아무리 쓰러지고
다시 일어서기를 거듭해도 앞이 보이지 않을 때도 있다.

그럴 때는 '운이 나빠서'라고 생각하기도 하고, 안 되는 것은 다른 사람 탓
이라고 여기기도 한다. 그러면서 불평불만을 쏟아 내기만 하는 사람이 있
는가 하면, 반대로 툭툭 털고 일어나 아무 일도 없었다는 듯이 재도전하는
이들도 있다.

'나도 모르게 남을 탓하고 싶은 마음이 들면 즉시 이를 멈추고 내가 할 수 있는 일을 찾아보
자. 내게 필요한 것은 새로운 전략일지도 몰라.'

세상을 바꾸는 방법

Things do not change: we change.

변하는 것은 다른 것이 아니라 우리 자신이다.

헨리 데이비드 소로 Henry David Thoreau

여러 가지 면에서 세상은 좋든 싫든 늘 있던 그대로다. 세상은 변하지 않는다. 변하는 것은 세상을 바라보는 우리의 시각이며, 우리가 선택한 세상을 살아가는 방식이다.
이것을 깨닫기만 해도 우리에게 놀라운 힘이 생긴다. 우리가 스스로 변할 수 있다면 세상과의 관계도 바꿀 수 있다.

'이 사실만은 명심하자. 나는 변할 수 있으며, 내가 변할 때 내 주변 환경도 변한다는 것을.'

꿈을 좇아 행동하라

To accomplish great things, we must dream as well as act.

위대한 업적을 이루려면 행동하고 꿈을 꾸어야 한다.

아나톨 프랑스 Anatole France

우리는 매일 직장에서나 가정에서나 해야 할 일들을 챙기며 산다. 이렇게 사는 것은 나쁜 것이 아니며, 대부분 사람들이 이렇게 살아간다. 우리가 남길 유산은 사랑과 노력으로 이루어질 것이며, 여기에 동의하지 않을 사람은 없다.

그러나 어떤 사람은 이 차원을 넘어 현실에서 동떨어진 것까지 꿈꾸기를 두려워하지 않는다. 그들은 그 꿈을 좇아 행동한다. 이처럼 꿈과 행동이 결합할 때 과학, 예술, 그리고 문화에서 놀라운 진보가 이루어진다.

'나는 주어진 일을 꽤 잘 처리하는 편이지만, 꿈을 꾸는 시간은 좀체 가지려 하지 않았어. 비록 내가 명석하지는 않을지라도, 꿈을 꾸면 내 삶에 어떤 변화가 일어나는지 보고 싶어.'

진정한 내 모습을 보여줄 때

Where I was born and where and how I have lived is unimportant.
It is what I have done with where I have been that should be of interest.

내가 어디서 태어났고 어디서 어떻게 살아왔는지는 중요하지 않다.
내가 살아오는 동안 무엇을 했느냐에 관심을 두어야 한다.

조지아 오키프 Georgia O'Keefe

어디서 태어났는지, 어느 대학을 나왔으며, 지금 어디서 사는지, 이런 것들이 자기가 중요한 사람이라는 증명이라도 되는 양 떠벌리는 사람이 있을 것이다.

그러나 그들 자신이 이루어 낸 것은 무엇인가? 명문 대학 출신이라고 해서 누구나 성공하는 것이 아니다. 부유한 집안에서 태어나면 이로운 점이 있기는 하지만 그것이 성공을 보증하는 것은 아니다.

'누군가에게 잘난 척하고 싶을 때, 그게 그렇게 중요한지 스스로 물어보자. 내 경력으로 남에게 인상을 남기려 하기보다는 내가 어떤 사람인지, 어떤 신념을 가진 사람인지 알려주는 데 더 힘쓸 일이겠지.'

남을 위한 배려

There is nothing to make you like other human beings
so much as doing things for them.

누군가를 도와 뭔가 해 주는 것은 그 사람을 좋아하는 최상의 방식이다.

조라 닐 허스턴 Zora Neale Hurston

다른 사람들을 도와줄 때 자신이 대견스럽게 느껴진다. 그렇게 함으로써 그들을 이전보다 더 좋아하게 된다. 누군가를 도와준다는 것은 그 자체로 값진 선물이다. 누구나 그 선물을 준 사람에게 감사하게 된다.

'다른 사람을 도울 때, 그것은 오히려 그들이 내게 주는 선물이라고 생각해.'

아이들의 멘토가 되어라

If a child is to keep alive his inborn sense of wonder... he needs the companionship of at least one adult who can share it, rediscovering with him the joy, excitement, and mystery of the world we live in.

어린이의 마음속에 선천적으로 타고난 경이감이 죽지 않고 살아 있게 하려면 우리가 사는 세상의 신비, 환희, 그리고 즐거움을 재발견하며 그 경이감을 함께 느껴 줄 어른이 최소한 한 명 늘 곁에 있어 주어야 한다.

레이철 카슨 Rachel Carson

한 연구 결과에 따르면, 아이가 남을 배려할 줄 알고 책임감 있는 어른으로 성장하는 데 가장 중요한 요인은 어른 멘토의 영향과 격려라고 한다. 어른 멘토는 부모일 수도 있고, 친척이나 교사일 수도 있다. 아이가 성공하기를 진심으로 바란다면 그 누구라도 아이의 멘토가 될 수 있다.

'내게 자녀가 있든 없든, 아이들이 제대로 성장할 수 있도록 도와주어야겠다. 자원봉사 단체에 가입하거나, 이웃집 아이들의 공부를 도와주거나, 아이들에게 축구를 가르쳐주어도 좋겠지. 생각해 보니 아이들의 꿈을 키우고 길라잡이가 되는 방법은 의외로 많은걸.'

알찬 삶

As a well-spent day brings happy sleep,
so life well used happy death.

그날 하루를 알차게 보내면 편히 잘 수 있고,
주어진 삶을 알차게 보내면 행복한 죽음을 맞이할 수 있다.

레오나르도 다 빈치 Leonardo da Vinci

바쁜 하루 일과를 마친 후 잠자리에 들면 이루 말할 수 없이 행복하다. 그날 내가 한 일과 사람들과 함께했던 일 모두가 만족스럽다. 이런 날은 아침에 일어났을 때 맞이했던 세상보다 조금 더 나아진 세상을 보며 하루를 마무리한다. 그런 만큼 충분히 편하게 잠자리에 들 자격도 있다.

이처럼 소박한 일상은 보람된 삶의 모델이 될 수 있다. 그렇게 살다 보면 주어진 나날이 다 끝나는 날, 처음 태어나 만났던 세상보다 좀 더 나아진 세상에서 생을 마무리할 수 있지 않을까?

'날마다 작지만 중요한 일을 한 가지씩 하려고 노력한다면 오늘은 어제보다 더 보람찬 하루가 되겠지.'

절제하라

Moderation. Small helpings. Sample a little bit of everything.
These are the secrets of happiness and good health.

절제하고, 소식(小食)하고, 모든 것을 골고루 조금씩 맛보는 것은
행복과 건강의 비결이다.

줄리아 차일드 Julia Child

우리는 고급 초콜릿이나 잘 구운 스테이크를 비롯해 좋아하는 것을 마음
껏 즐기면서도 절제할 수 있다. 고급 초콜릿 한 조각은 평범한 초콜릿 열
조각보다 훨씬 더 감미롭다. 그 어떤 초콜릿보다 훨씬 더 맛있다. 하지만 고
급 초콜릿을 너무 많이 먹으면 평범한 초콜릿보다 맛이 떨어진다. 많이 먹
을수록 속이 아프고 심지어 자신에게 화가 나기도 한다. 고급 초콜릿은 한
입만 베어 문 다음 입 안에서 천천히 녹여 먹어야 그 초콜릿의 참다운 맛을
음미할 수 있다.

'행복한 삶에 필요한 원칙은 절제'라는 격언은 오랜 옛날의 말이지만 오늘
날에도 여전히 유효하다.

'스스로 욕구를 억제할 필요는 없고 그래서도 안 돼. 내게는 좋아하는 것을 즐길 권리가 있어.
내가 그것을 절제할 수만 있다면.'

기적은 노력의 열매

Hope for a miracle. But don't depend on one.

기적을 소망하라. 그러나 기적에 의존하지는 마라.

탈무드

궁지에 빠졌을 때 기적 같은 일이 생겨 얽히고설킨 문제를 풀어 주기를 바라는 것은 그리 나쁘지 않다. 누군가가 내게 어울리는 일자리를 알려 주기를 바란다. 친구가 아프면 빨리 낫기를 바란다. 내가 원하는 이상형이 나를 좋아해 주기를 바란다.

때로는 기적이 실제로 일어나기도 하지만, 그 기적은 우리 자신의 노력을 통해 이루어 낸 결과인 경우가 대부분이다. 좋은 일자리가 나타나기 전에 남보다 더 열심히 일해야 한다. 정말 좋은 자리를 차지할 기회가 생겼을 때 그 자리를 잡을 수 있도록 미리 많은 인맥을 쌓아야 하고 주어진 일에 온힘을 다해야 한다.

'기적을 꿈꾸기는 하지만, 그전에 좋은 일이 생기도록 열심히 노력해야겠다.'

우정은 가꾸고 키우는 것

If a man does not make new acquaintances as he advances through life, he will soon find himself left alone. A man should keep his friendship in constant repair.

살아가면서 새로운 사람을 사귀지 못하는 사람은 머지않아 외톨이가 될 것이다. 우정은 늘 잘 정비된 상태로 관리해야 한다.

새뮤얼 존슨 Samuel Johnson

친구 관계를 오래 이어가고 새로운 친구를 사귈 수 있는 것은 우정을 조심스럽게 다루고 늘 소중하게 생각하기 때문이다. 우리는 친구들에게 전화를 하거나, 이메일로 서로의 근황을 이야기하거나, 함께 식사를 하며 서로의 우정을 가꾸고 키운다. 한동안 소식이 없으면 먼저 연락을 하지만, 누가 더 많이 연락했는지에 대해서는 전혀 따지지 않는다. 중요한 것은 우정 그 자체이기 때문이다.

'한동안 연락하지 않고 지낸 친구가 누구더라? 이제부터라도 그들과의 우정을 소중하게 생각하고, 우정을 돈독히 할 거야.'

함께 일할 때

Joint undertaking stands a better chance when they benefit both sides.

공동으로 하는 작업은 양측이 모두 혜택을 볼 수 있을 때 성공 가능성도 높다.

에우리피데스 Euripedes

누구나 승리를 거두고 싶어 한다. 직장에서 프로젝트를 진행하거나 가족과 여행을 계획하는 등 함께 어울리다 보면 의견이 엇갈리고 그러다 그 일이나 계획마저 무산되기도 한다.

서로가 웃을 수 있는 결과를 만들려면 먼저 상대방이 무엇을 바라는지를 잘 헤아리고 이해해야 한다. 그가 하는 말을 경청해야만 그가 바라는 것을 알 수 있다.

'다른 사람들이 뭘 원하는지 귀를 기울이고, 그들 모두에게 좋은 결과가 되도록 방법을 찾을 때 내가 원하는 것을 얻을 수 있어.'

인격은 저절로 빛나는 것

If you will think about what you ought to do for other people, your character will take care of itself. Character is a by-product, and any man who devotes himself to its cultivation in his own case will become a selfish prig.

다른 사람들을 위해 내가 무엇을 해야 할지 고민할 의지가 있다면 당신의 인격은 저절로 빛날 것이다. 인격은 부산물이다. 자기 자신밖에 모르는 사람은 이기적인 허풍쟁이만 될 뿐이다.

우드로 윌슨 Woodrow Wilson

인격을 갈고 닦으려면 우선 다른 사람들에게 올바로 행동해야 한다. 그들에게 선한 사람이 되고자 노력하는 행동이 쌓여 훌륭한 인격이 우러난다. 단지 좋은 평판을 위해 다른 사람을 위하는 것은 이기적인 행동이며, 이것으로는 아무것도 얻을 수 없다.

'아무 조건 없이 그들을 도와주고, 내가 훌륭한 사람으로 인정받는지 여부는 신경 쓰지 말자. 인격은 억지로 만들어지는 게 아니니까.'

행동이 나를 결정한다

We judge ourselves by what we feel capable of doing,
while others judge us by what we have already done.

나는 내가 할 수 있다고 생각하는 것을 기준으로 나를 판단하는 반면에
다른 사람들은 내가 한 행적을 기준으로 나를 판단한다.

헨리 워즈워스 롱펠로우 Henry Wadsworth Longfellow

인생은 취업 면접과 같다. 면접실에 들어갈 때는 기회만 주어진다면 어떤
일이라도 할 수 있을 것 같다.

그러나 인생은 우리에게 실제로 무슨 일을 했는지 계속 묻는다. 친절한 사
람이란 다른 사람에게 정성을 다하는 사람이다. 정직한 사람은 늘 진실만
을 말하고 남에게 공평한 행동만 하는 사람이다. 다른 사람이 내게서 무엇
을 보는지 알게 되면 자신이 되고 싶은 사람이 될 가능성은 높아진다.

'남들이 나를 보면서 어떤 생각을 할까? 내가 생각하는 나와 내가 하는 행동이 일치하는지 나
를 돌아봐야겠다.'

완벽한 사람은 없다

He that will have a perfect brother must resign himself to remaining brotherless.

완벽한 형제를 원하는 사람은 영원히 외동아들로 남기를 포기해야 한다.

이탈리아 속담

아주 친하다고 생각한 사람이 내가 바라는 것과는 달리 행동하기도 한다.

왜 그는 내가 바라는 사람이 되지 못하는 걸까?

친구가 아무리 많아도 그중에 완벽한 사람은 한 명도 없다. 그러나 그들의 결점을 알고 있으면서도 그를 사랑한다. 이것은 좋은 일이다. 완벽만을 바란다면 친구를 전혀 사귈 수 없으므로.

'누구도 내가 바라는 사람이 될 필요는 없어. 오히려 나는 내 친구와 가족을 있는 그대로 사랑해.'

인내와 확신

Life is not easy for any of us. But what of that? We must have perseverance and above all confidence in ourselves. We must believe that we are gifted for something, and that this thing, at whatever cost, must be attained.

사는 것은 누구에게나 녹녹하지 않다. 그래서 어쩌란 말인가? 우리는 끈기를 가져야 하며, 무엇보다 자기 자신을 믿어야 한다. 우리는 모두 무엇인가를 할 수 있는 재능을 타고났으며, 이 재능은 어떤 값을 치르더라도 반드시 살려야 한다고 확신해야 한다.

마리 퀴리 Marie Curie

누군가 지금까지 살아오면서 왜 더 많은 것을 이루어 내지 못했느냐고 묻는다면, 숱한 변명을 늘어놓을 수 있을 것이다.

어떤 사람은 다른 사람들에 비해 행운을 더 많이 차지하고 있는 것처럼 보인다. 그러나 대부분은 가진 것이 별로 없는 상태에서 시작해 수많은 시련을 만났으면서도 지금도 여전히 끈기 있게 버텨 나간다.

'내게 정말 소중한 목표는 무엇일까? 어렵다는 변명이나 핑계를 대지 않고 그걸 이루어 내려면 무엇을 어떻게 해야 할까?'

다른 사람들을 웃겨라

I learned quickly that when I made others laugh, they liked me.

다른 사람을 웃게 하면 그들이 나를 좋아한다는 사실을 나는 꽤 빨리 깨우쳤다.

아트 버크월드 Art Buchwald

다른 사람을 웃기려고 광대처럼 행동할 필요는 없다. 그냥 유머 감각을 늘 간직하고 적절한 때에 그것을 펼쳐 보이기만 하면 된다.

다른 사람이 미소를 짓고 유쾌하게 웃는 것을 보면 기분이 좋아진다. 그 웃음이 악의적이거나 냉소적이지 않고, 진솔하고, 개방적이며, 정직할 때 나 역시 기분이 함께 좋아진다. 다른 사람을 놀려 웃음거리로 만들고 싶다고 생각하기 전에 먼저 자신을 웃음의 소재로 삼아 보자. 이렇게 하는 것이야 말로 그들이 나를 좋아하게 하고 모두가 유쾌하게 웃을 수 있는 가장 쉬운 방법이다.

'오늘은 누구를 웃겨 줄까?'

슬픔에서 배우자

Grief is the agony of an instant, the indulgence of grief the blunder of a life.

슬퍼하는 것은 일시적인 아픔이지만, 비탄에 빠져드는 것은 일생일대의 실수다.

벤저민 디즈레일리 Benjamin Disraeli

뭔가를 잃어버린다는 것은 고통스러운 일이다. 무언가 잃어버렸을 때 슬퍼하는 것은 당연하다. 그리고 그로 인한 허전함이 채워지려면 시간이 걸린다. 허전함이 클수록 채우는 데 오랜 시간이 필요하다.

그러나 어느 순간 슬픈 감정에서 벗어나 일상으로 돌아가야 할 때가 온다. 이는 슬픔을 무시하거나 잊어버리라는 말이 아니다. 슬픔과 그로 인한 허전함에서 교훈을 얻고, 이를 통해 새롭게 시작할 때 슬픔은 또 다른 기회가 된다.

'상실은 자연스러우며 피할 수 없다는 사실을 이해하고 기꺼이 받아들이자.'

성취와 성공

My mother drew a distinction between achievement and success. She said that achievement is the knowledge that you have studied and worked hard and done the best that is in you. Success is being praised by others. That is nice, but not as important or satisfying. Always aim for achievement and forget about success.

나의 어머니는 늘 성취와 성공을 구별하셨다. 어머니는 내가 열심히 공부하고 노력하고 내 능력이 닿는 한 최선을 다했음을 알 때, 그것이 곧 성취라고 말씀하셨다. 성공하면 다른 사람들로부터 찬사를 받는다. 그러나 성취하는 것만큼 중요하거나 만족스러운 것은 아니다. 항상 성취를 목적으로 삼고 성공하기 바라는 것은 잊어라.

헬렌 헤이즈 Helen Hayes

다른 사람이 내가 한 일을 인정해 줄 때 기분이 좋아진다. 직장에서는 상사에게서 일을 잘했다고 칭찬받고, 친구들은 내가 보여준 것에 감탄한다. 이처럼 칭찬은 더 열심히 하고자 하는 동기를 주며, 이는 세상 사람들 모두가 알고 있는 사실이다. 그러나 남이 인정해 주지 않더라도 내 할 일에 최선을 다할 때, 그 어떤 찬사나 칭찬보다 훨씬 더 기분이 좋다.

'최선을 다해 일하고, 내가 해낸 일을 스스로 축하해 주자.'

조금씩 조금씩

Nobody made a greater mistake than he who did nothing
because he could do only a little.

단지 조금밖에 할 수 없다는 이유로 아무것도 하지 않은 사람이야말로
가장 큰 실수를 저지른 사람이다.

에드먼드 버크 Edmund Burke

차고가 너무 넓어 한꺼번에 모두 치우기가 힘들다는 이유로 차고 청소를
미루고, 빈곤층 문제가 더 중요하다는 이유로 이웃의 가난한 이들을 외면
하는 경우도 있다. 과체중을 한꺼번에 빼기 힘들다는 이유로 다이어트를
시작조차 하지 않는다.

그러나 매주 조금씩 차고를 치우고, 매달 지역 내 자선단체에 조금씩 기부
하고, 매일 탄산음료를 덜 마신다면 자신도 모르는 사이 큰 결과를 얻을 수
있다. 아무것도 하지 않는 것보다는 소소한 것이라도 꾸준히 하는 것이 훨
씬 더 많은 것을 얻게 된다는 것은 분명하다.

'눈앞에 있는 일이 너무 벅차 보여도 한 번에 조금씩 해 나가자. 티끌 모아 태산이라고 하지
않는가.'

그래도 해야만 할 일

You cannot make yourself feel something you do not feel,
but you can make yourself do right in spite of your feelings.

느껴 보지 않는 것을 느끼는 것은 불가능하지만,
옳은 일은 느낌에 구애됨 없이 할 수 있다.

펄 S. 벅 Pearl S. Buck

아이들은 때때로 "하고 싶지 않아"라며 투정을 부린다. 우리도 그럴 때가 있다. 무엇을 해야 할지 알고 있지만 그것을 하기가 두렵거나, 싫증나거나, 감당하기 힘겨운 일이라며 회피하려고 한다.

훌륭한 사람들은 본래 그렇게 태어났기 때문에 그렇게 된 것으로 생각한다. 더러는 그 생각이 사실일 수도 있지만, 자신이 옳다고 생각하는 것을 행동으로 옮기려면 어깨를 활짝 펴고, 고개를 꼿꼿이 들고, 결심을 단단히 해야만 한다. 투정부리고 싶을지라도.

'마음 같아서는 하고 싶지 않지만 해야만 할 일이 있고, 그게 무엇인지 알고 있잖아. 그러므로 당장 그 일을 해야지.'

영적인 존재

Everything science has taught me—and continues to teach me—strengthens my belief in the continuity of our spiritual existence after death. Nothing disappears without a trace.

과학은 사후에도 영적인 존재가 계속 존재한다는 사실을 내게 가르쳐 주었고, 지금도 깨닫게 해 주고 있으며, 그러한 내 믿음을 더욱 공고히 해 주고 있다. 그 무엇도 흔적 을 남기지 않고 사라지지 않는다.

베르너 폰 브라운 Wernher Von Braun

인간은 사후에 무슨 일이 일어나는지 알아내기 위해 애쓰고 있다. 사후에 도 삶이 존재하는지, 만약 있다면 어떤 세계인지 지난 수백 년 동안 많은 사람들이 다양한 의견을 내놓았다. 사후에 무슨 일이 일어나는지 확인할 방법이 없으므로 어느 누구도 알 수가 없다. 그러나 어떻게 된다고 말하더 라도 그것은 궁극적으로는 자신의 믿음에 달려 있다.

'내가 죽은 뒤에 내게 무슨 일이 일어날지 모르지만, 그 대답을 찾으려 노력하다 보면 살아 있 는 동안 보다 나은 사람이 될 수 있을 거야.'

내 마음이
그에 닿을 수 있으니

무엇이
이보다 행복할까

June

I am seeking, I am striving, I am in it with all my heart.

나는 열망하고, 열심히 노력하고, 혼신을 다하고 있다.

자신의 가치를 떨어뜨리지 마라

As long as you keep a person down, some part of you has to be down there to hold him down, so it means you cannot soar as you otherwise might.

누군가를 억압하려면 자신의 몸을 낮추어 그 사람을 짓눌러야 한다. 그로 인해 비약할 수 있었을 당신도 남을 짓누르느라 비약할 수 없게 된다.

마리안 앤더슨 Marian Anderson

내가 승리하려면 누군가는 반드시 패배해야만 할까? 물론 그런 경우도 있다. 그러나 누군가를 짓누르면 자신도 그런 상태에서 벗어나기 어렵다. 자신의 잠재력을 최대한 발휘하지 못할 뿐만 아니라, 심술궂고 하찮은 사람만 될 뿐이다. 더구나 남이 못하도록 방해하는 것은 성공하지 못하는 경우가 대부분이다. 결국 다른 사람들에게 내 심술궂은 모습만 보여주게 될 뿐이고, 내 몫이 될 기회마저 놓치고 만다.

'다른 사람이 성장하게 돕다 보면 나도 성장할 거야.'

침묵과 강인함

May the stars carry your sadness away, May the flowers fill your heart with beauty, May hope forever wipe away your tears, And, above all, may silence make you strong.

별들이 그대 슬픔 앗아가 주길,
꽃들이 그대 마음 아름다움으로 채워 주길,
희망이 그대 눈물 씻어 주길,
그리고 그 무엇보다 침묵이 그대 강하게 만들어 주길.

덴 조지 추장 Chief Dan George

울적할 때 우리는 본능적으로 사람들과 어울리거나 바쁜 일로 허전한 마음을 채우려고 한다. 친구들은 "밖에 나가 사람들과 어울려 봐" 혹은 "바쁘게 움직이다 보면 그런 건 잊게 돼"라고 충고한다.

그러나 울적할 때 혼자 생각에 잠기거나 자연의 품 안에서 위안을 구하는 등 슬픔을 있는 그대로 온몸으로 느끼는 게 오히려 도움이 될 수 있다. 특히 자연의 품 안에 안겨 있다 보면 자연이 우리에게 "슬픔도 그 무엇도 언젠가는 지나가리라" 속삭이는 소리를 들을 수 있다.

'울적할 때는 그 감정을 있는 그대로 껴안자. 그러다 보면 오히려 슬픔을 딛고 일어설 힘도 생길 거야.'

열정적으로 살자

None are so old as those who have outlived enthusiasm.

열정이 식었을 때 비로소 늙은 것이다.

헌리 데이비드 소로 Henry David Thoreau

나이가 들었다는 표시는 주름, 흰머리, 쑤시고 결리는 몸이 아니라 삶에 대한 흥미를 잃는 것이다. 삶에 적극적으로 뛰어들 때 아무리 나이가 많아도 여전히 청춘이다. 반대로 삶에 대한 열정을 잃어버리면 금방 늙어 버릴 수 있다.

여든 살에 서핑을 배우기 시작한 사람, 예순 살에 다시 공부하는 사람, 일흔 살에 평화 봉사 단체에 가입한 이들을 보면 저절로 존경심이 우러나온다. 늘 새로운 것에 도전하고 호기심으로 가득한 이들은 보면 볼수록 존경스럽다.

'열정을 품고 오늘 하루를 시작하자.'

빼어나게 잘하려고 노력하자

The secret of joy in work is contained in one word—excellence.
To know how to do something well is to enjoy it.

일하는 즐거움을 찾는 비결은 단 한마디에 담겨 있다. 그것은 빼어남이다.
무슨 일이든 잘 해내는 방법을 알고 있으면 하는 일이 더없이 즐겁다.

펄 S. 벅 Pearl S. Buck

창문을 닦든지, 우편물을 배달하든지, 로켓을 설계하든지 자기 분야에서
최상의 결과를 내는 데 집중하다 보면 그 일이 즐거워진다. 반면에 일을 대
충 하거나 최선을 다하지 않는 사람은 어떤 일을 맡아도 즐겁게 해내지 못
한다.
비록 모든 일을 빼어나게 하지는 못하더라도 항상 빼어나게 잘하도록 노
력은 해야 한다. 그렇게 할 때 '시시하게 여겼던 일이 이렇게 즐거울 수가!'
깜짝 놀랄 것이다.

'나는 많은 일을 잘 해낼 수 있어. 그런 마음으로 그 일에 집중하면 어떤 일이든 즐겁게 해낼
수 있어.'

신은 멀리 있지 않다

The search for God is like riding around on an ox hunting for the ox.

신을 찾는 것은 소를 타고 소를 사냥하는 것과 같다.

불교 격언

우리는 삶의 심오한 물음들에 대한 답을 멀리서 찾으려 한다. 하지만 알고 보면 그 답은 생각보다 가까운 곳에 있다. 타고 있는 소를 볼 수 있으려면 어떻게 해야 할까?

'오늘은 내 삶에 무엇이 가장 중요한지 생각해 봐야겠다. 그러려면 먼저 내 눈앞에 있는 것을 놓치지 말아야겠다.'

창의적인 아이디어

You can't wait for inspiration. You have to go after it with a club.

창의적인 아이디어는 기다린다고 오는 게 아니다. 몽둥이를 들고 찾아 나서야 한다.

잭 런던 Jack London

어떤 예술가는 창의적인 아이디어가 번개처럼 번뜩이며 떠오르기를 기다렸다가 그것을 쫓아다닌다. 어떤 예술가는 매일 자리에서 일어나 할 일을 한다. 정해 둔 작업량을 채울 때까지 글을 쓰기도 하고, 정해 둔 분량만큼 스케치를 하기도 한다. 이런 예술가는 창의적인 아이디어가 저절로 찾아와 주기를 기다리기보다는 스스로 찾아 나선다. 이처럼 열심히 찾아다니다 보면 자신도 모르는 사이에 아이디어가 모습을 드러낸다.

'하고 싶은 일을 하지 못한 것은 아이디어가 떠오르지 않았기 때문이라고 변명을 둘러댈 때도 있었어. 하지만 오늘은 아이디어가 떠오르기를 기다리기보다는, 내가 하고 싶은 일을 할 거야. 창의적인 아이디어를 내가 직접 만들어 낼 거야.'

경험을 통해 성장하는 법

People grow through experience if they meet life honestly and courageously.

정직하고 용기 있게 산다면 누구나 경험을 통해 성장할 수 있다.

엘리너 루스벨트 Eleanor Roosevelt

흔히 경험은 훌륭한 스승이라고 하지만, 산전수전 다 겪고도 거기서 배운 것이 없다고 말하는 이들이 많다. 왜 그럴까? 그것은 경험에서 배우겠다는 마음가짐이 없기 때문이다. 어떤 사람은 직장에서 해고당하면 실의에 빠져 모든 게 남 탓이라고 비난만 한다. 반면에 어떤 사람은 관련 공부를 다시 하거나, 새로운 직장을 찾아보거나, 일자리가 많은 곳을 찾아가기도 한다. 이처럼 같은 경험을 하더라도 어떻게 하느냐에 따라 각자 받는 성적표는 다르게 나온다.

'지금까지 힘든 일을 많이 겪었고, 앞으로도 그럴지 몰라. 하지만 거기서 뭔가를 배우느냐 그렇지 못하느냐는 전적으로 나한테 달려 있어.'

남의 기분을 맞추기보다

A 'no' uttered from deepest conviction is better and greater than a 'yes' merely uttered to please, or what is worse, to avoid trouble.

확신을 갖고 "아니오"라고 말하는 것은 다른 사람의 비위를 맞추기 위해, 문제의 소지를 피하기 위해 "예"라고 말하는 것보다 훨씬 더 바람직하고 훌륭하다.

마하트마 간디 Mahatma Gandhi

우리는 어릴 때부터 다른 사람을 기쁘게 해야 한다고 배워 왔다. 시끄럽게 만들고 싶지 않아서 자신의 양심을 속이면서도 남의 기분에 맞추려 하고, 이런 습성에서 벗어나지도 못한다. 그래서 부당한 상황에서도 문제가 커지는 것을 회피하려고, 다른 사람에게 별난 사람이라는 말을 듣는 게 두려워 "예"라고 해 버리거나 아무 말도 하지 않는다. 이처럼 남의 비위를 맞추기 위해 "예"라고 하거나 입을 닫아 버릴수록 자신의 가치관을 상실하게 된다.

'불의를 보고도 참기만 한다면 누가 바로 세우지? 이제부터 당당하게 항의할 거야. 그 때문에 문제가 생기더라도 난 잘 해결할 수 있어.'

교양 있는 사람

**It is the mark of an educated mind
to be able to entertain a thought without accepting it.**

누군가의 믿음을 수긍하지는 않더라도 최소한 깊이 고려할 줄 아는 태도는 교양 있는 사람에게서만 찾아볼 수 있는 특징이다.

아리스토텔레스 Aristotle

우리는 동의할 수 없는 의견을 무조건 배척하거나 피해를 입은 것처럼 행동하곤 한다. 친구를 만나더라도 의견이 잘 맞는 친구만 선택한다. 나와 같은 생각을 하고 있는 이들의 단체에만 가입하고, 사는 방식이나 수준이 나와 비슷한 사람들이 사는 곳에서 살려고 한다. 그러나 나와 반대되는 의견에 귀를 기울이지 않는다는 것은 그만큼 자신의 믿음이 확고하지 못하다는 반증이 아닐까? 그처럼 방어적인 자세를 취하는 것은 오히려 자신의 나약함을 드러내는 것이 아닐까?

'다른 사람의 의견을 무시하고 싶을 때일수록 그가 하고자 하는 말을 들어보는 노력이라도 하자. 그러면 그의 의견이 나와는 다르더라도 적어도 그의 의견과 내 생각을 좀 더 잘 알 수 있을 테니.'

진부한 진실

**There's an element of truth in every idea
that lasts long enough to be called corny.**

진부하다고 할 수 있을 만큼 오래 지속되는 생각에는
반드시 진실의 요소가 들어 있다.

어빙 벌린 Irving Berlin

젊은 사람일수록 과거를 구식이라거나 현실과 맞지 않는다며 무시해 버리
기 쉽다. 반면에 나이 든 사람일수록 '옛것에서 새로운 것을 배운다'는 말에
겸허해지고 그로써 지혜를 보는 눈이 밝아진다.
젊은 시절에는 어떤 생각이 오래 지속될 만한 가치를 지닌 것인지 잘 판단
하지 못한다. 반면에 나이 든 사람들 중에는 지나간 것에 대한 안타까움이
맹목적인 애착으로 바뀌기도 한다. 진부해 보인다고 옛것을 거부하지도
말고, 추억이 있는 것이라고 무조건 붙드는 우도 범하지 마라.

'내가 지금까지 여전히 훌륭하다고 인정하는 것들은 무엇일까? 반대로 이제는 버려도 되는
것들은 무엇일까?'

목표에 다가가고 싶다면

I never hit a shot, not even in practice, without having a very sharp, in-focus picture of it in my head.

머릿속에 또렷하게 초점이 잡히지 않는 한 나는 연습이라도 샷을 하지 않는다.

잭 니클라우스 Jack Nicklaus

공을 어디로 보내야 하는지, 얼마나 힘껏 골프채를 휘둘러야 하는지 전혀 알지 못하는 상태에서 공을 치려고 한다면? 이런 핸디캡에서는 아무리 훌륭한 골프 선수라도 실패할 수밖에 없다. 훌륭한 골프 선수들은 이와는 반대다. 그들은 먼저 샷을 머리에 그려 본다. 그들은 온몸으로 느끼기 전에는 절대 공을 건드리지 않는다. 이처럼 머릿속에 이미지를 그려 보면 그것을 이루는 데 무엇이 필요한지 몸이 저절로 알게 된다.

'내 목표 중 하나를 성취하는 모습을 머릿속에 그려 보자. 어떤 느낌이 드는가? 성공을 향해 노력하는 동안 무엇이 보이는가? 이런 이미지를 마음에 담고 있으면 목표를 이루는 데 도움이 될 거야.'

함께 나눌수록 좋은 것

When a good man is hurt, all who would be good must suffer with him.

선한 사람이 다쳤을 때 선하고자 하는 사람은 누구나 그와 함께 아파해야 한다.

에우리피데스 Euripedes

선행은 절대 홀로가 아니다. 모든 선행은 보다 더 큰 선행이 이루어지는 데 기여한다. 마찬가지로 선행이 미루어지거나 좌절되면 우리 모두가 그 고통을 겪게 된다.

선행을 한 사람이 나쁜 일을 겪는 것을 보고 들으면서도 '나하고 상관없는 일이야', '내 힘이 닿지 않는 곳에서 일어난 일이야'라는 핑계로 아무것도 하지 않는 이들이 적지 않다. 하지만 세상 어느 곳에서든 선행을 한 사람이 공격을 받거나, 다치거나, 감옥에 갇히거나, 고문당하거나, 죽을 때 우리는 그만큼 불행해진다.

'멀리 있는 그가 선행을 할 때 내가 무엇을 도와줄 수 있을까? 후원금을 보낼 수 있을 테고, 그 단체에 가입하거나, 그를 지지하는 편지를 보내도 좋고, 아니면 담당 기관에 문의할 수도 있을 거야.'

새로운 세상

Each friend represents a world in us, a world possibly not born until they arrive.

친구는 내 안에 존재하는 하나의 세상,
그들이 내게 옴으로써 비로소 존재할 수 있었던 세상을 상징한다.

아나이스 닌 Anais Nin

사귀는 친구들마다 각기 다른 개성과 특징을 지니고 있다는 것은 좋은 일이다. 어떤 친구는 운동에 소질이 있어 같이 어울리면 내 운동 실력도 좋아진다. 다른 친구는 토론하고 논의하는 데 능해 내 지성을 끌어올려 준다. 함께 영화를 보거나 외식을 할 때 도움이 되는 친구도 있다. 친구란 서로 닮은 점이 있으면서도 또한 다른 점이 있기 때문에 서로 가까워진다. 서로 다른 점이 있기 때문에 내게 자극을 주고 새로운 가능성에 눈을 뜨게 한다.

'운 좋게도 나는 좋은 친구들이 많고, 그들이 없었다면 나는 지금처럼 유쾌하고 적극적이지 못했을 거야.'

새로운 시작

We see the brightness of a new page where everything yet can happen.

하얀 새 종이가 눈앞에 있으면 우리는 그 위에 어떤 이야기든 펼칠 수 있다.

라이너 마리아 릴케 Rainer Maria Rilke

젊음이 좋은 이유는 앞날이 창창하게 펼쳐져 있다는 점이다. 어느 길로 갈지 가늠하지 못했지만 눈앞에 보이는 길은 늘 무한히 펼쳐져 있다. 젊음이 빛나는 것도 이 때문이다.

살면서 무언가를 선택할 때는 다른 하나 혹은 그 이상의 가능성을 닫는 셈이 된다. 하지만 어떤 선택은 오히려 새로운 가능성의 문을 열어 주기도 한다. 아무리 나이가 들더라도 항상 미래를 바라보며 새로운 길을 가늠해 볼 수 있다.

'나이가 들더라도 할 수 있는 기회는 많고, 언제든지 새로운 것을 시도할 수 있어.'

이상

Ideals are like the stars; we never reach them, but like the mariners of the sea, we chart our course by them.

이상은 별과 같다. 우리가 결코 닿을 수는 없지만, 바다를 항해하는 뱃사람들처럼 별들의 도움으로 가야 할 항로를 제대로 찾을 수 있다.

카를 슐츠 Carl Schurz

생각만큼 자신이 잘나지 못하거나 세상이 기대만큼 잘 돌아가지 않는다고 해서 속상해 하지 마라. 어차피 바라는 것이 다 이루어질 수는 없다. 그럼에도 큰 꿈을 갖고 꿈을 이루기 위해 열심히 노력하는 것을 삶의 의무로 삼아야 한다. 꿈이 없으면 나아갈 목표도 없다.

'나는 내가 바라는 만큼 되지 못하더라도, 그 꿈에 좀 더 가까이 다가가도록 늘 노력할 거야.'

질투

Jealousy is the only vice that gives no pleasure.

질투는 어떤 기쁨도 주지 않는 유일한 악이다.

화자 미상

질투가 어리석은 짓임을 잘 알고 있으면서도 우리는 누군가를 질투하곤 한다. 그러나 질투는 자신이 그만큼 확신을 갖고 있지 않음을 드러내는 것이다. 자녀, 부모, 혹은 사랑하는 사람이 진정으로 나를 아끼고 믿고 있다고 확신한다면 상대가 아무리 다른 사람에게 관심을 보여도 질투심 따위를 느낄 필요가 없다.

'질투심을 느낄 때가 종종 있기는 하지만, 그 때문에 다른 사람을 못살게 굴 필요는 없잖아. 오히려 그들이 나를 사랑하고 있는 걸 알기에 그 사랑을 잊지 않을 거야.'

자비

If you want others to be happy, practice compassion.
If you want to be happy, practice compassion.

다른 사람이 행복하기를 바란다면 자비를 행하라.
자신이 행복하기 바란다면 자비를 행하라.

제14대 달라이 라마 The 14th Dalai Lama

자비는 동정심이나 연민이 아니다. 자비는 동정심이나 연민보다 강력하면서도 실천하기가 어렵다. 자비는 다른 사람이 겪는 고통을 이해하고 도와주고자 하는 마음이다.

자비를 행하는 것은 "정말 안됐군요" 하며 한숨을 내쉬고 고개를 끄덕이는 것만으로는 부족하다. 상대방이 처한 어려움에 도움이 되어 줄 수 있기를 바라야 하고, 그 상황을 바꾸기 위해 최선을 다해야 한다.

'힘들어 하는 사람을 불쌍하게 여기기는 쉬워. 하지만 그에게 자비를 행하려면 그가 왜 힘들어 하는지 알고, 그의 아픔을 이해해야 하고, 그를 도와주어야만 해.'

도움이 되는 말

A helping word to one in trouble is often like a switch in a railroad track… an inch between a wreck and smooth, rolling prosperity.

어려운 사람에게 도움의 말을 건네는 것은 선로를 바꾸는 전철기와 같다. 사소한 차이가 파멸하느냐 아니면 번영으로 나아가느냐를 결정한다.

헨리 워드 비처 Henry Ward Beecher

친구나 가족이 어려운 처지를 당하면 어떻게 위로해 주어야 도움이 될까 고민하게 된다. 슬픔이 크거나 감당하기 힘들 정도의 일을 당했을 때는 어떤 위로의 말도 도움이 안 될 것 같아 보인다.

하지만 그런 그들에게 진정으로 보여 주어야 할 것은 어떤 말을 건네느냐가 아니라 그런 말을 해 주고 싶을 정도로 함께 아파하는 마음이다. 말보다 더 중요한 것은 그 뒤에 숨은 마음이다. 그리고 힘들어 하는 사람을 동정하고 함께 아파하고 있음을 알려주는 것은 그에게 큰 위안이 된다.

'힘들고 아파하는 사람에게 내 마음을 보여주자.'

감사를 표현하라

No duty is more urgent than that of returning thanks.

감사에 보답하는 것보다 더 다급한 임무는 없다.

제임스 앨런 James Allen

친절을 베풀고 배려해 준 사람들에게 감사하는 마음을 표현하는 것을 대수롭지 않게 여기는가? 감사 카드나 전화를 해 줄 생각도 하지 못하는가? 입장을 바꾸어 누군가로부터 감사 편지를 받았을 때 얼마나 흐뭇했는지를 생각해 보라. 감사에 보답하는 것은 단순히 예의나 체면 문제가 아니다. 그것은 그 자체가 친절이며 사려 깊은 행동이다.

'오늘은 내게 친절을 베푼 사람에게 감사 편지를 쓰거나 고마웠다고 전화를 하자.'

열망하고, 노력하라

I am seeking, I am striving, I am in it with all my heart.

나는 열망하고, 열심히 노력하고, 혼신을 다하고 있다.

빈센트 반 고흐 Vincent Van Gogh

위대한 일을 하고 싶다면 모든 노력을 쏟아야 한다. 누구나 온힘을 다해 위대한 결과를 얻고자 하지만 세상일은 뜻대로 되지 않는다. 더구나 대부분의 시간을 일어나 아침 식사를 하고, 출근하고, 볼일을 보고, 집안 청소를 하는 등 반복되는 일상에 허비한다.

해결 방법은 의외로 간단하다. 가장 평범한 일이라도 전심전력을 다하는 것이다. 그렇게 하지 못하겠다면 하루하루를 열정 없이 대충 살아갈 수밖에 없다.

'내게 주어진 하루하루는 내가 가장 소중하게 간직해야 할 선물이야.'

눈물을 흘릴 때도 있다

A good cry lightens the heart.

실컷 울고 나면 마음이 한결 가벼워진다.

유태인 속담

한바탕 울고 나면 기분이 한결 좋아진다는 것은 누구나 잘 알고 있다. 과학자들도 이미 오래전에 이를 입증했다. 눈물은 슬픔을 느끼게 하는 호르몬을 없애는 데 도움이 된다고 한다. 그들의 말이 아니더라도 살다 보면 눈물이 필요할 때가 있다. 눈물을 보인다고 부끄러워하지 마라. 눈물이 나는 데는 다 그만한 이유가 있고, 눈물이 고이면 흐르도록 두어라.

'때로 눈물이 날 때가 있어. 하지만 눈물을 흘리는 것도 괜찮아.'

인생의 키

If a man does not know what part he is steering for,
no wind is favorable to him.

어느 항로를 향해 방향키를 돌려야 하는지 모른다면
그 어떤 바람도 도움이 되지 않는다.

세네카 Seneca

우리의 인생은 그냥 내버려두면 방향키를 잃어버린 때처럼 이리저리 흔들
린다. 그럴 때 운이 없다고 한탄하며, 그 어느 것도 도움이 되는 게 없다고
불평을 늘어놓는다. 그러다 정해진 목표도 없이 항해에 나섰다면 어떤 곳
에 도달하더라도 실망할 권리조차 없다.

'의미 있게 살려면 가고자 하는 방향이 분명하고 어디로 가는지 늘 나를 챙겨야 해.'

우정이라는 선물

A friend is a gift you give yourself.

친구는 내게 주는 선물이다.

로버트 루이스 스티븐슨 Robert Louis Stevenson

친구는 우정뿐만 아니라 웃음, 응원, 의리, 신뢰, 동지애, 동정, 새로운 흥미 등을 내게 선사한다. 우정을 주면 나도 그 답례로 우정으로 받게 된다. 우정을 주는 것은 나 자신에게 주는 선물과 같다. 그러나 안타깝게도 바쁘다는 이유로, 때로는 친구를 가려 사귀어야 한다는 이유로 새로운 친구를 사귈 기회를 포기해 버리곤 한다. 이미 있는 친구에게조차 마음을 닫기도 한다. 우정을 진솔하게 받아들이려면 시간과 노력이 필요하며, 어느 정도의 위험도 감수해야 한다. 그러나 우정은 그만한 값을 치를 가치가 있으며, 그래야만 진정한 우정이라고 할 수 있다.

'새로운 친구를 사귀기 위해 늘 마음을 열어 두고, 친구가 되기 힘들 것 같은 사람에게도 마음을 열어 두자.'

나이에 맞게 시야를 넓히자

The man who views the world at fifty the same as he did at twenty has wasted thirty years of his life.

쉰 살이 되어서도 세상을 보는 눈이 스무 살 때와 같다면
삼십 년을 허송세월한 셈이다.

무하마드 알리 Muhammad Ali

다른 사람들이 나를 나이보다 젊게 봐 주면 우쭐해진다. 그러나 젊은 마음을 지니고 있다고 해서 아직 청춘이라고 주장할 수 있을까? 나이에 맞게 세상을 보는 시각이 넓어지고 깊어지지 않으면 삶이 내게 준 가장 값진 재산을 낭비하고 있는 셈이다.

'젊은 시절을 사랑해. 그리고 세월의 풍파를 경험하면서 판단력이 깊어지고 지혜로운 사람이 된 것도 기뻐.'

거짓말은 거짓말을 낳는다

Oh what a tangled web we weave, when first we practice to deceive.

남을 속이기 시작하는 순간 우리는 얼기설기 얽힌 기만의 덫을 짜게 된다.

월터 스콧 Sir Walter Scott

모든 것은 사소한 거짓에서 시작된다. 파티에 참석하기 싫을 때 "미안해, 못 가. 목이 따끔거리고 열이 조금 있는 정도이긴 하지만 남들에게 옮길까 봐." 이런 식으로 거짓으로 둘러대면 상대방의 기분을 상하게 하지 않을 수 있다고 생각하고, 그래야 나만의 시간을 즐길 수 있으리라 기대한다.

그러나 이런 사소한 거짓말이 큰 거짓말을 낳는다. 파티가 끝난 후, 한 친구는 죽을 보내기도 하고, 더러는 몸이 나아졌느냐며 안부 전화를 하기도 한다. 파티에 참석했던 친구는 그 뒤에 우연히 만나 위안의 말을 건네기도 한다. 혼자 있고 싶다고 솔직하게 말했더라면 간단하게 마무리되었을 것을.

'아무리 사소한 거짓말이라도 상황을 복잡하게 만들 수 있어. 힘들지만 그래도 솔직해지자.'

아름다움의 발견

I never saw an ugly thing in my life; for let the form of an object be what it may—light, shade, and perspective will always make it beautiful.

나는 살면서 추한 것을 본 적이 없다. 어느 것이든 제 형체를 그대로 간직하고 있으면 빛, 그림자, 그리고 보는 사람의 시각이 그것을 항상 아름답게 만들어 준다.

존 컨스터블 John Constable

아름다움과 추함은 보는 사람의 눈에 따라 달라진다. 살면서 마주치는 것들을 흠이 있다거나 못생겼다는 이유로 외면하기도 하지만, 사실 다른 시각으로 보면 의외로 좋은 점과 아름다운 면을 발견할 수 있다.

'그가 내 시간만 낭비한다고 생각해 무시하고 싶을 때, 지금까지와는 다르게 보자. 어쩌면 관심을 갖고 이러저러한 질문을 하지 않았기 때문에 그를 재미없는 사람이라고 생각했을지도 모르니까.'

준비된 사람만이 기회를 잡는다

In the field of observation, chance favors only the prepared mind.

관찰 분야의 경우, 발견의 기회는 준비된 사람에게만 온다.

루이 파스퇴르 Louis Pasteur

실제로 모든 운을 가지고 있는 사람은 없다. 우리가 부러워하는 사람들 대부분은 스스로 성공을 일구었다. 그들은 스스로 연구하거나, 저축하거나, 기회를 직접 찾아 나섰기 때문에 운이 다가오면 그 운을 제대로 사용할 수 있는 준비가 되어 있었고, 행운의 순간을 놓치지 않은 것뿐이다.

행운이 찾아오면 맞이할 수 있는 준비를 갖추어야 한다. 그렇지 않으면 이미 주어진 행운조차 제대로 사용해 보지도 못하고 만다.

'마지막에 웃는 사람이 되려면 그런 조건을 스스로 만들어 내야 해. 그렇지 않다면 결코 행운을 기대하지도 말자.'

함부로 비난하지 마라

To find a fault is easy; to do better may be difficult.

결점을 찾아내기는 쉬울지 몰라도, 더 잘 하는 것은 어려운 일일 수 있다.

플루타르코스 Plutarch

/

우리는 남의 결점을 꼬집어 비난하기를 좋아한다. 더러는 누구나 비난할
정도로 남을 해코지하기도 한다. 제대로 알지도 못하면서 나름 최선을 다
하고 있는 그를 비난하지 마라. 그런 마음이 들 때는 오히려 자신을 들여다
보라.

'내게 좋은 방법이 떠오르지 않는다면 그가 못하는 것을 꼬집어 말하지 말자.'

우리가 먹는 것

Tell me what you eat, and I will tell you what you are.

당신의 식습관을 들으면 나는 당신이 어떤 사람인지 알 수 있다.

앙텔므 브리야사바랭 Anthelme Brillat-Savarin

아침 식사를 거르고 점심은 패스트푸드를 먹는다면 우리는 자신을 어떻게 생각할까? 싱크대에 선 채 탄산음료로 저녁 식사를 때울 때 우리는 자신을 어떻게 생각할까? 어렸을 때부터 편식과 과식을 해온 자신을 어떻게 생각할까? 식습관은 그 사람에 대해 많은 것을 말해 준다. 속마음까지도 말해 줄 수 있다. 영양가도 없고 그다지 만족감을 주지도 못하는 음식으로 자신을 학대하지 마라. 식습관을 바꾸면 생각도 바꿀 수 있다.

'이제부터 음식의 맛을 음미하며 적당히 먹음으로써 내 자신을 존중하고 내 몸을 사랑하자.'

자기 자신을 잃지 마라

The easiest thing in the world to be is you. The most difficult thing to be is what other people want you to be. Don't let them put you in that position.

이 세상에서 가장 되기 쉬운 사람은 바로 자기 자신이다. 이 세상에서 가장 되기 힘든 사람은 바로 남들이 바라는 자기 자신이다. 그 누구도 당신을 좌지우지하게 하지 마라.

레오 부스칼리아 Leo Buscaglia

사람들이 내게 내가 아닌 다른 사람이 되라고 강요할 때, 그들이 기대하는 사람이 되고자 하는 마음을 억누르기는 쉽지 않다. 그러나 남의 기대에만 부응하다 보면 아무도 만족시킬 수 없다.

사람들이 있는 그대로의 나를 받아들이지 않는다면, 왜 그런 사람들과 어울리고 싶어 하는지 자문해 보라. 그들에게서 사랑이나 관심을 얻기 위해 자신을 버려서는 안 된다.

'나는 나야. 아무도 내게 이러라 저러라 하지 못해.'

July

Call on God, but row away from the rocks.

신의 도움을 구하되, 암초를 피하려면 스스로 노를 저어라.

경험

Experience is not what happens to a man;
it is what a man does with what happens to him.

경험은 누구에게 일어난 일을 말하는 게 아니라,
어떤 일이 일어났을 때 그 사람이 한 행동을 말한다.

올더스 헉슬리 Aldous Huxley

어떤 일을 당하고 난 뒤에 보다 강해지고, 보다 외향적이고, 보다 자신만만 해지고, 남을 생각하는 마음이 더 깊어진 사람들이 많다. 그런데 그들을 보면 그런 일을 아주 담담하게 해낸 것처럼 보인다.

그들을 본보기로 삼아 어떤 일이라도 적극적으로 맞서야 한다. 그 일에서 아무것도 깨닫는 게 없다면 그것이야말로 쓸모없는 경험에 불과하다.

'내가 겪는 모든 경험을 뭔가 배울 수 있는 기회로 생각하고, 그때마다 보다 나은 사람이 되도록 노력해야겠다.'

조용히 있어도 괜찮아

There is nothing wrong with having nothing to say—unless you insist on saying it.

할 말이 없는 것은 문제가 아니다. 할 말도 없으면서 굳이 말하겠다고 나서는 것이 문제다.

화자 미상

잠시도 쉬지 않고 자신의 목소리를 내는 사람과 함께하고 싶어 하는 사람은 별로 없다. 이런 사람들은 말이 많고 시끄러울 뿐, 귀담아 들을 만한 내용은 하나도 없는 경우가 대부분으로, 누구라도 핑계를 대고 그에게서 벗어나고 싶어 한다.

'대화가 중간에 끊어지지 않도록 계속 말해야만 할 필요는 없어. 다른 사람의 말을 듣거나 조용히 있어도 돼. 내가 조용히 있다고 이상하게 생각할 사람은 아무도 없고, 오히려 쉴 새 없이 떠들어댈수록 다들 나를 이상한 사람으로 볼 거야.'

함께 웃자

Laughter is the shortest distance between two people.

웃음은 두 사람 사이를 이어 주는 가장 빠른 지름길이다.

빅토르 보르게 Victor Borge

누군가를 웃게 만들면 그와 친구가 될 수 있다. 내가 재미있어 하는 것을 그도 재미있어 하면 서로에게 관심을 갖게 된다. 그것은 관심사가 같고 세계관 역시 비슷하다는 뜻이다.

'모르는 사람들과도 함께 웃자. 그러다 보면 그들을 좀 더 이해할 수 있을 거야.'

자유

You can only protect your liberties in this world by protecting the other man's freedom. You can only be free if I am free.

다른 사람의 자유를 보장해 줄 때 비로소 당신의 자유도 보장받을 수 있다. 당신이 자유로워질 때 다른 사람도 자유로울 수 있다.

클레런스 대로 Clarence Darrow

위대한 사회는 모든 사람의 자유를 소중하게 여기는 사상을 바탕으로 세워진다. 자유는 부유하거나 권력이 높은 사람에게만 보장되는 것이 아니라 모두에게 공평하게 주어지고 보장되는 것이어야 한다.

그러나 우리는 다른 사람들이 자유를 잃는 것에 아무 말도 하지 않을 때 자신의 자유 또한 그처럼 된다는 사실을 깨닫지 못한다. "나한테는 안 일어날 거야", "난 잘못한 게 없으니까 걱정할 거 없어" 하며 이를 무시한다. 남 일로 생각하다가 자신의 자유도 잃어버린 예는 얼마든지 찾아볼 수 있다.

'나는 내 자유를 사랑하고 그것을 수호할 수 있어야 해. 그리고 내 자유가 소중한 만큼 다른 사람의 자유를 지키는 것도 소홀하지 않을 거야.'

일하는 즐거움

Work banishes those three great evils: boredom, vice, and poverty.

일은 세 가지 악덕을 몰아낸다. 권태, 타락, 그리고 빈곤이 그것이다.

볼테르 Voltaire

우리는 일하는 것 그 자체가 중요하다고 믿는다. 쉴 수 있는 시간이 좀 더 많았으면 좋겠다고 불평하면서도 누구나 일을 할 때 가장 행복해 한다. 과로로 지치기도 하지만, 때로는 남이 시키지 않아도 기꺼이 그 일에 몰두한다. 이처럼 열심히 늘 바쁘게 일함으로써 가족을 먹여 살릴 뿐만 아니라, 생각도 건강해지며, '나는 쓸모 있고 남들이 필요로 하는 사람'이라는 뿌듯함을 느끼게 된다.

'가끔은 회사 일이 짜증나기도 하지만, 지금 일할 수 있다는 건 얼마나 큰 행운인지 몰라.'

스스로를 도와라

Call on God, but row away from the rocks.

신의 도움을 구하되, 암초를 피하려면 스스로 노를 저어라.

인도 속담

신이 인도해 주실 것을 믿고 있다고 해서 내가 해야 할 일을 하지 않아도 되는 것은 아니다. 살다 보면 수많은 선택의 순간들과 마주하게 된다. 이때마다 자신이 할 수 있는 최선을 다할 때 신도 함께한다.

'내가 힘들 때 신이 나를 인도해 주실 거라고 믿어. 하지만 그 상황에서 벗어나려면 내가 할 수 있는 것을 내 스스로 해야 돼. 하늘은 스스로 돕는 자를 돕는다고 하잖아.'

두려움을 활용하는 법

Being scared can keep a man from getting killed,
and often makes a better fighter out of him.

두려움을 느낌으로써 죽을 상황을 피할 수도 있고,
그것으로 더 투지 넘치는 사람이 되기도 한다.

루이 라무르 Louis L'amor

살아가면서 여러 가지 상황에 직면한다. 작성한 기획안이 실제로 효과가
없을 때 어떻게 해야 할까? 무대 공포증이 있는데 많은 사람들 앞에서 프
레젠테이션을 해야 한다면? 두려움 때문에 몸이 얼어붙을 수도 있다.
그러나 두려움에 굴복하기보다는 정신을 집중하고 분발함으로써 두려움
과 싸워 이기도록 애쓰는 편이 낫지 않을까? 상사와 마주하기가 두렵다면
자신의 생각을 좀 더 논리적이고 강하게 펼쳐 보여줌으로써 두려움을 이
겨낼 수 있다.

'두려움에 떨기보다는 더 크게 성장할 수 있도록 그 두려움을 활용하자.'

쉽게 얻는 것들

That which we obtain too easily, we esteem too lightly.

우리는 너무 쉽게 얻는 것을 너무 가볍게 취급한다.

토머스 페인 Thomas Paine

몇 년간 저축한 끝에 마침내 새 차를 사거나, 오랜 노력 끝에 기대하는 사람에게서 칭찬을 받았을 때 열심히 노력해 얻은 결과에 기뻐하고 그 순간을 소중히 여긴다. "해냈어! 마침내 해냈어!" 큰 소리로 말하고 싶을 정도다. 이런 일을 경험하면 앞으로 더 열심히 노력하겠다고 생각한다. 이것은 좋은 현상이다.

그러나 열심히 노력하지 않아도 내게 주어진 것들 역시 결코 가볍게 생각해서는 안 된다. 부모님의 사랑, 친구의 배려, 자연의 아름다움 등이 바로 그렇다. 열심히 노력해 얻은 것이든 저절로 얻어진 것이든, 주어진 모든 축복을 헤아리고 이를 귀하게 여겨야 한다.

'내가 무언가를 얻기 위해 기울이는 노력은 소중해. 그러면서도 내게 주어진 많은 선물들에 감사하는 마음을 잊지 말자.'

단체

There can be no vulnerability without risk; there can be no community without vulnerability; there can be no peace, and ultimately no life, without community.

위험이 없으면 취약성도 없고, 취약성이 없으면 단체도 없다. 단체가 없으면 평화도 없고, 궁극적으로는 삶도 없다.

M. 스콧 펙 M. Scott Peck

어떤 모임에 처음 가입할 때 망설이게 된다. '내가 저들과 잘 어울릴 수 있을까?', '그들이 내 삶의 일부가 되는 것이 과연 내게 이로울까?', '이런 모임에서 활동한다면 그런 나를 다른 사람들은 어떻게 생각할까?' 물론 이는 신중하게 생각해야 할 문제다.

그러나 다른 사람들과 함께하지 않으면 세상을 보다 풍요롭게 할 수 없다. 가만히 앉아 남을 심판하려 들거나 움츠리고만 있으면 다른 사람과 함께 일할 수도 없다. 모임의 진정한 일원으로 함께하고 싶다면 위험을 감수해야 한다.

'단체의 힘을 믿어. 그러니까 기꺼이 그들과 함께할 거야.'

그 무엇도 바라지 마라

We never reflect how pleasant it is to ask for nothing.

아무것도 바라지 않는 것이 얼마나 큰 즐거움인지 우리는 미처 생각하지 못한다.

세네카 Seneca

다른 사람에게 뭔가를 부탁하거나 기대할 때 망설여진다. 아무 조건 없이 나를 사랑해 주는 사람들에게서 내가 원하는 것을 받을 수는 있지만, 그래도 그것을 바라고 기대하는 게 편한 것만은 아니다. 다른 사람에게 도와 달라고 할 때 내가 나약하고 열등하다고 느껴진다.

한편으로 우리는 다른 사람에게 바라는 것도, 요청할 것도 없는 때가 얼마나 행복한지 알지 못한다. 아무것도 부족하지 않다는 것은 기분 좋은 일이기는 하지만, 다른 사람에게 부탁할 게 없다는 것은 더 기분 좋은 일이다.

'다른 사람의 도움을 요청하는 것을 부끄러워하지 말자. 아무것도 부탁할 게 없을 때는 이를 감사하자.'

정상에 섰을 때

There is always room at the top.

정상에는 언제나 빈자리가 있는 법이다.

대니얼 웹스터 Daniel Webster

제로섬 게임을 아는가? 한 개인이 이익을 취하기 위해서는 반드시 다른 사람이 거기에 상응하는 손실을 입어야 한다. 인생도 제로섬 게임이라고 믿는 이들이 있다.

그러나 우리 인생은 제로섬 게임이 아니다. 내게 이익이 되기 위해 다른 사람을 반드시 밀쳐 내야만 하는 것은 아니며, 성공을 혼자서만 누려야 하는 것도 아니다. 성공은 다른 사람과 함께 나눌 때 의미가 더 깊어지고 기쁨도 더 커진다.

'성공하고 싶어. 그리고 성공하면 다른 사람들과 그 기쁨을 함께 나눌 거야.'

여름의 노래

In summer, the song sings itself.

여름에는 노래가 절로 나온다.

윌리엄 칼로스 윌리엄스 William Carlos Williams

새들의 지저귐, 윙윙거리는 벌레 소리, 살랑거리는 나뭇잎들, 빗소리, 아이들의 뛰노는 소리, 멍멍 짖는 강아지……. 겨울에는 집 안에만 있지만 여름에는 집 안과 집 밖의 경계가 없어진다.

우리가 사는 곳이 어디든, 여름은 특별한 계절이다. 여름은 풍성함, 따스함, 자유, 여유, 그리고 기쁨의 계절이다. 우리의 모든 감각이 살아나는 계절이다.

'여름이 정말 좋아. 여름을 마음껏 즐기자.'

창문 너머

Better keep yourself clean and bright;
you are the window through which you must see the world.

자신을 청결하고 환하게 지켜야 한다.
나 자신은 세상을 바라보는 유리창이므로.

조지 버나드 쇼 George Bernard Shaw

우리는 자신만의 신념과 감정이라는 고유한 렌즈를 통해 세상을 바라본다. 아무리 가까운 사람이라도 저마다 고유한 렌즈로 세상을 본다. 각자 자신만의 렌즈로 세상을 어떻게 보느냐에 따라 세상은 좋아지기도 하고 왜곡되기도 한다.

세상을 있는 그대로 분명하게 보려면 자신의 생각을 지속적으로 되돌아봐야 한다. 편견과 무지로 시야가 흐려지거나 가려지지는 않았는지 늘 점검해야 한다.

'세상을 똑바로 보자. 내 시야가 무관심, 편견, 무지로 흐려지지 않게.'

불운

Those that are afraid of bad luck will never know good.

불운을 두려워하면 결코 행운을 알 수 없다.

러시아 속담

인생은 도박이다. 이를 피할 도리도 없다. 불운이란 그 누구에게도 찾아오며, 불운을 기꺼이 겪겠다고 각오하지 않는 한 그것이 정말 행운인지 알 수도 없다. 뭔가를 배우고 성장해서 보다 나은 사람이 되려면 위험을 각오하고 도전해야만 한다.

'무슨 일이 일어날지 두렵기도 하지만, 보다 알차게 살려면 대범하게 도전할 줄도 알아야 한다는 걸 난 잘 알고 있어.'

반대

A certain amount of opposition is a great help to a man. Kites rise against, not with, the wind.

어느 정도의 반대는 오히려 큰 도움이 된다. 연은 순풍이 아니라 역풍이 있어야 하늘로 날아오른다.

존 닐 John Neal

사람들이 내 의견에 동의하면 기분이 좋다. 그러나 내가 하고자 하는 계획에 아무도 반대 의견이나 대안을 제시해 주지 않을 때 오히려 실수를 저지르기 쉽다.

다른 사람이 내 생각에 의문을 제기하면 기분은 좋지 않겠지만, 이런 때야말로 자신의 생각을 보다 더 깊이 고민하고, 다듬고, 개선할 수 있는 계기가 된다.

'내가 하는 일을 확신할지라도 나와 기꺼이 논쟁할 수 있는 사람들이 내 곁에 있다는 사실에 감사하자.'

눈을 뜨자

One may have good eyes and yet see nothing.

시력이 좋은데도 아무것도 보지 못하는 사람이 있다.

이탈리아 속담

같은 길을 오랫동안 오가면서도 마주치는 사람, 집들, 나무들, 그리고 건물들을 의외로 보지 못한다. 수년간 같이 근무한 직장 동료인데도 업무에 관련된 것 외에는 그에 대해 아는 게 거의 없다. 이처럼 한 가지 방식에만 너무 익숙해지다 보면 소중하고 중요한 것들을 전혀 보지 못하고 놓치기 쉽다.

주변에 있는 것들을 제대로 보려면 노력이 필요하다. 세상의 많은 부분을 무심코 지나쳐 버리기에는 인생은 너무나 짧다.

'세상을 향해 눈을 뜨자.'

계속 노력하자

Big shots are only little shots who keep shooting.

큰 성공은 작은 성공을 거듭한 결과다.

크리스토퍼 몰리 Christopher Morley

단숨에 정상으로 뛰어오른 사람은 없다. 대부분은 한 걸음 한 걸음 경험을 쌓아 가면서, 때로는 실수도 하면서 서서히 그 자리에 오르게 된다. 포기하면 실패하게 마련이다. 그러나 성공하고 싶은 마음이 간절하다면 목표를 향해 계속 뛰어들어야 한다.

'실패했다고 불평하거나 운이 없다고 좌절하기보다는 목표를 향해 계속 도전해야겠다.'

매력

A beauty is a woman you notice; a charmer is one who notices you.

미인이란 내가 알아보는 여인이다. 매력적인 사람이란 나를 알아봐 주는 사람이다.

아들라이 스티븐슨 Adlai Stevenson

누구나 화려하게 살고 싶고, 사람들의 관심도 받고 싶다. 아름다운 얼굴과 멋진 몸매로 모든 사람들의 시선을 사로잡는 이들을 보면 부럽기만 하다. 그러나 내게 가장 필요한 사람은 그런 사람보다는 나를 늘 지켜보고 있는 사람이다. 내가 좋아하는 것과 싫어하는 것이 뭔지 알고 싶어 하고, 내가 하는 농담에 웃어 주고, 나를 칭찬해 주는 사람에게 호감이 가고, 그가 곁에 있어서 행복해진다.

'어떻게 해야 그들이 나를 좋아할지 고민하기보다는 내가 있어 그들이 얼마나 행복할 수 있을지를 궁리하자.'

무모하더라도 시작하라

All growth is a leap in the dark, a spontaneous, unpremeditated act without benefit of experience.

모든 성장은 어둠속에서 도약하는 것이다. 경험해 보지도 않았고 미리 계획한 것은 아니지만, 무모하더라도 뛰어드는 것이 성장이다.

헨리 밀러 Henry Miller

많이 경험할수록 현명하게 선택하고, 현명하게 선택할수록 위험 부담이 줄어든다.

그러나 때로는 무모하더라도 도전하지 않으면 더 이상 오르지 못한다. 무모한 도전이란 계획하지 않았고 미리 따져 보지도 않았지만 자신을 믿고 뛰어넘는 것이다. 어떻게 착지하게 될지는 아무도 모른다. 다만 용기를 내어 위험을 감수하고 뛰어 본 뒤, 그 다음에 무슨 일이 일어날지 지켜볼 뿐이다.

'나는 신중한 성격이고 그게 나만의 장점이야. 하지만 어떤 때는 과감하게 밀고 나가거나 새로운 것을 시도해야 할 때가 있어. 그게 잘 되지 않더라도 도전해 봄으로써 뭔가 중요한 것을 알게 될 테니.'

욕망

If men could regard the events of their own lives with more open minds, they would frequently discover that they did not really desire the things they failed to obtain.

사람들이 보다 열린 마음으로 살면서 겪는 일들을 대한다면, 잡을 수 없었던 많은 것들이 사실은 자신이 간절히 원했던 것이 아님을 깨닫게 될 것이다.

앙드레 모루아 Andre Maurois

우리는 우리를 행복하게 해 줄 것이라고 믿는 많은 것을 갈망한다. 그것은 보다 큰 집일 수도 있고, 넓은 강을 수영으로 건너는 것일 수도 있다. 그런데 이처럼 바라는 것도 실제로 해보면 생각만큼 만족스럽지 못한 경우가 흔하다.

왜 그런 걸까? 원하는 것들은 상상 속에서만 존재하는 경우가 많기 때문이다. 그 어떤 현실도 상상하는 것을 뛰어넘기는 힘들다.

'내가 가지지 못한 것을 안타까워해 오히려 내가 이미 가지고 있는 것에 감사하는 마음을 잊는 일은 없도록 하자.'

진보

Whenever you take a step forward, you are bound to disturb something.

앞으로 한 걸음을 내디딘다면 반드시 다른 것에 영향을 미친다.

인디라 간디 Indira Gandhi

그 무엇이든 목표물을 향해 가는 길은 결코 탄탄대로가 아니다. 중요한 목표를 향해 가는 과정에서 삶의 다른 부분을 희생해야만 한다. 대학에 입학하면 부모의 품에서 서서히 벗어나야 하고, 승진하면 직장 동료들과의 관계가 변하게 된다. 이러한 변화가 일어나지 않게 하려면 발걸음을 앞으로 떼지 말아야 한다. 그러나 어느 누가 한자리에만 머물러 있기를 바랄까?

'내가 한 발 앞으로 내디딜 때마다 반드시 무언가는 놓아야만 해. 그 때문에 속상하기도 하겠지만 이를 감수하고서라도 앞으로 가야겠지.'

시간이 필요해

No great thing is created suddenly.

위대한 것은 갑자기 이루어지지 않았다.

에픽테토스 Epictetus

인간관계, 명예, 집을 비롯해 무엇이든 쌓는 데는 오랜 시간이 필요하다. 이 시간을 줄이기 위해 서두르다 보면 속만 아프고, 기대에 훨씬 못 미치는 결과만 얻을 수 있다.

'서두르지 말자. 무엇이든 튼튼하고 오래가는 것을 만들자.'

현재에 충실하라

Do not look back in anger, or forward in fear, but around in awareness.

과거를 돌아보며 분노하거나 미래를 바라보며 두려워하지 말고 깨어 있는 마음으로 현재를 두루 살펴라.

제임스 터버 James Thurber

예전에 내게 상처를 주었던 사람, 갑자기 찾아온 위기, 실패한 일들을 돌이켜보며 우리는 분노한다. 한편으로 일자리를 잃을까 봐, 병에 걸릴까 봐, 사랑하는 사람에게 안 좋은 일이 생길까 봐 앞날을 두려워한다.

그러나 우리가 있어야 할 자리는 바로 지금 이 순간이다. 이미 지나간 일이나 아직 일어나지도 않은 일에 속을 태우기보다는 지금 이 순간을 깨어 있는 마음으로 충실하게 살아가야 한다.

'지금 살아 있음을 기뻐하자. 도전을 이겨냈으니 앞으로 다가올 도전도 충분히 이겨낼 거야. 그 어느 것도 오늘 내가 충실하게 살아가는 것을 방해할 수 없어.'

헌신하고 헌신하라

You give but little when you give of your possessions.
It is when you give of yourself that you truly give.

내가 가진 것을 내주는 것은 조그만 베풂이다.
나를 헌신하는 것은 진정한 베풂이다.

칼릴 지브란 Kahlil Gibran

우리는 의미 없는 일에 많은 시간을 허비한다. 텔레비전 보기, 잡담하기, 바꿀 수 없는 일에 안달하기 등등. 이러한 시간을 줄여 다른 사람들을 돕는 데 활용한다면 삶은 의미 있고, 세상은 풍요로워질 것이다.

'너무 바빠 남을 도와줄 시간이 없다고 생각하곤 해. 하지만 알고 보면 그럴 여유는 충분하잖아.'

진실을 말하라

Truth is always exciting. Speak it, then; life is dull without it.

진실은 언제나 흥미롭다. 그러므로 진실을 말하라. 진실이 없는 삶은 무미건조하다.

펄 S. 벅 Pearl S. Buck

다른 사람을 지나치게 생각한 나머지 내 생각과 믿음을 숨긴 적은 없는가? 사실대로 말하면 다른 사람이 언짢아할까 봐 겁을 내지 않았는가? 그러나 무례하거나 당돌하지 않고도 정직할 수 있다. 그렇게 하지 않는다면 어떻게 내가 누구인지 그들이 알까? 그러지 않는다면 그들이 어떻게 자신의 진짜 모습을 내게 보여줄 수 있을까? 진실을 말하지 않으면 나쁜 상황을 개선할 여지가 없고, 좋은 생각을 함께할 수도 없다.

'내 생각을 스스로 검열하는 것은 다른 사람과의 관계를 끊는 거나 마찬가지야. 내 생각을 숨기지 않아도 돼. 그의 마음을 상하게 하지 않고도 내 생각을 말할 수 있어.'

아이들과 함께하는 즐거움

The soul is healed by being with children.

아이들과 함께하면 영혼이 치유된다.

표도르 도스토예프스키 | Fyodor Dostoyevski

지루하고 화나고 절망스러울 때 이를 치유할 수 있는 가장 좋은 방법은 아이들과 함께 시간을 보내는 것이다. 아이들에게는 모든 것이 새롭고, 우리 역시 아이들의 시각에 전염될 수 있다.

아이들과 함께 걷다 보면 꽃들의 아름다움, 갖가지 모양으로 바뀌는 구름들을 생전 처음 본 것처럼 새로운 눈으로 볼 수 있게 된다. 아이들과 보폭을 맞추려면 천천히 걸어야 한다. 그들의 눈은 오랫동안 보지 못했던 것들을 볼 수 있게 해 준다.

'아이들과 있을 때 그들을 관심 있게 살펴보고, 아이들에게서 어떻게 사는 게 올바른지, 내가 정말 그걸 제대로 하며 살고 있는지 살펴봐야겠다.'

시야

Every man takes the limits of his own field of vision for the limits of the world.

누구나 자기 시야의 한계가 세상의 한계인 줄 안다.

아르투르 쇼펜하우어 Arthur Schopenhauer

우리는 자기가 보고 자기가 생각한 것이 모두 옳다고 착각하곤 한다. 그 때문에 자신의 시각이 보편적인 관점이라고 믿어 버린다. "누구나 다 알다시피……"라거나 "다들 믿고 있듯이……"라는 말로 자신의 시각을 정당화하지만, 그 '누구나'나 '다들'이라는 사람들이 얼마나 일부분에 불과한지는 전혀 생각하지 않는다.

보다 다양한 경험과 보다 많은 사람들과 어울리며, 그들의 생각을 들여다보고 보다 많은 것을 알게 될 때, 내 시야가 얼마나 좁은지 깨닫게 된다.

'다른 사람들도 그들만의 신념이 있다는 걸 잊지 말자.'

좋은 습관과 나쁜 습관

The unfortunate thing about this world is that the good habits are much easier to give up than the bad ones.

세상살이에서 안타까운 것이 좋은 습관은 나쁜 습관에 비해 버리기가 훨씬 쉽다는 것이다.

W. 서머싯 몸 W. Somerset Maugham

매일 운동을 하겠다고 다짐하지만 날씨가 안 좋거나, 일정에 차질이 생기거나, 그냥 쉬고 싶어서 운동을 포기한다. 선물을 받을 때마다 잊지 않고 감사 카드를 보내겠다고 다짐하지만 바쁜 일이 생기거나 시간이 지났는데 지금 보내면 아무 소용없다며 포기해 버린다. 영양가 있는 음식을 먹자고 다짐했지만 바쁘다는 핑계로 패스트푸드로 배를 채우다 보니 다이어트 계획을 또 실패한다.

좋은 습관은 왜 그렇게 쉽게 포기하고, 나쁜 습관은 왜 그렇게 버리기 힘든 걸까?

'좋은 습관이 몸에 배도록 노력하자. 내 습관을 적은 목록을 만들어 좋은 습관을 얼마나 많이 하고 나쁜 습관을 얼마나 버렸는지 체크하자.'

성공할 때까지 기다리지 마

I couldn't wait for success, so I went ahead without it.

나는 성공할 때까지 기다릴 수 없어서 그 일을 했다.

조너선 윈터스 Jonathan Winters

한 가지 목표에 매달리는 동안 다른 많은 일을 뒤로 미루는 경우가 너무나 많다. 살이 빠질 때까지 데이트를 미루거나, 근사한 가구를 들여놓기 전까지는 사람들을 저녁 식사에 초대하지 않는다. 승진하기까지 자녀를 가지는 것도 미룬다.

그러나 인생은 기다려 주지 않는다. 원하는 곳에 도착했든 그렇지 않든, 인생은 멈추지 않는다.

'성공할지 여부에 안달하지 말고, 내 삶을 즐기고 내 삶을 사랑하자.'

작은 차이

We must not, in trying to think about how we can make a big difference, ignore the small daily differences we can make which, over time, add up to big differences that we often cannot foresee.

큰 변화를 꿈꿀 때 일상의 작은 변화들을 결코 무시해서는 안 된다. 일상의 작은 변화들이 쌓여 전혀 예기치 못한 큰 변화가 이루어진다.

메리언 라이트 에덜먼 Marian Wright Edelman

세상에는 많은 문제들이 있다. 무엇을 해야 이 문제들을 조금이라도 해결할 수 있을까? 해야 할 일은 너무나 많고 할 수 있는 재원은 너무나 부족할 때 누구라도 좌절하게 된다.

그러나 조금이라도 뭔가를 해 나갈 수는 있다. 당장 큰돈을 자선 단체에 기부할 형편이 못된다면 한 푼이라도 기부하는 것이 아무것도 하지 않는 것보다는 낫다. 매주 시간을 내어 봉사 활동을 할 형편이 못된다면 일 년에 몇 시간 봉사하는 것도 전혀 하지 않는 것보다 낫다. 많은 사람들이 이처럼 조금씩 실천한다면 언젠가 세상도 바꿀 수 있을 것이다.

'세상을 좀 더 나은 곳으로 만들기 위해 매일 실천하자. 위로가 필요한 사람에게 따뜻한 말 한마디 해 주는 것만이라도 충분해.'

경주

I've got something inside of me, peasantlike and stubborn,
and I'm in it till the end of the race.

내 안에는 유쾌하면서도 완고한 것이 있다.
경주가 끝날 때까지 나는 그것에서 벗어나지 않는다.

트루먼 커포티 Truman Capote

비록 앞으로의 계획이 대충이라도 있으면 좋지만, 살아가기 위해 정교하게 짠 계획이 반드시 필요한 것은 아니다. 갈 길을 정한 뒤, 의도하지 않은 일과 마주하더라도 멈추지 않고 앞으로 나아가겠다는 맹세만으로도 충분할 수 있다. 이 맹세는 우리가 할 수 있는 가장 용기 있고 강력한 힘이 될지도 모른다.

'내가 있는 자리에서 꿋꿋하게 살자. 살면서 부딪힐 그 어떤 것도 나를 멈추게 하지 못해.'

고맙다
나를 키운 꽃과 바람아

고맙다
내 젊은 날들아

August

Make voyages! Attempt them! There's nothing else.

항해에 나서라! 시도하라! 그 외에는 아무것도 없다.

정면으로 부딪쳐라

The best way out is always through.

빠져나가는 최상의 방법은 뚫고 나가는 것이다.

로버트 프로스트 Robert Frost

곤경에서 쉽게 벗어나는 방법은 없다. 곤경은 저돌적으로 정면 돌파해서 뚫어야만 비로소 벗어날 수 있다. 아무리 힘든 시기라도 지나고 나면 그 고통을 잊게 된다.

하루, 한 주, 한 달, 이렇게 시간이 가는 동안 어떻게든 크고 작은 곤경을 뚫고 헤쳐 나왔고, 지금 이렇게 살아남았다. 우리는 알고 있다. 아무리 힘든 날도 '참 힘든 시기였어. 하지만 잘 견뎌냈어' 하며 웃을 날이 찾아온다는 것을.

'어려운 일을 겪을 때는 당장 일이 다 잘 풀리고 편해지길 바라곤 해. 하지만 이제부터는 아니야. 고통을 견디는 것 또한 내가 성장하는 과정이야.'

평화로운 시간을 가져라

First keep the peace within yourself, then you can also bring peace to others.

먼저 자신이 평화로워야 다른 사람에게도 평화를 줄 수 있다.

토마스 아 켐피스 Thomas á Kempis

친구가 힘들어 할 때 우리는 "걱정할 것 없어. 다 잘 될 거야"라고 진심으로 격려해 준다. 그러나 정작 자신이 힘든 일을 겪을 때도 그런 격려를 믿고 따를 수 있을까? 그렇지 못하다면 아무리 좋은 격려라도 빈말에 지나지 않는다.

문제를 있는 그대로 받아들이고 마음의 평화를 얻는 것은 말처럼 쉬운 일이 아니다. 그것은 누구나 살면서 겪는 끊임없는 도전이기도 하다. 그런데 평화로운 마음은 전염성이 강하다. 내가 마음의 평화를 찾으면 이는 절로 나를 사랑하고 아껴 주는 모든 이들에게 전달된다.

'조용히 앉아 긴장을 풀고, 마음의 평화를 찾자.'

독창성

Never tell people how to do things.
Tell them what to do and they will surprise you with their ingenuity.

사람들에게 일을 어떻게 처리해야 하는지 일러 주지 마라.
무엇을 해야 하는지만 일러 주면 그들은 깜짝 놀랄 독창성을 발휘할 것이다.

조지 S. 패튼 장군 General George S. Patton

누구나 일을 처리하는 자기만의 방식이 있고 다른 사람들이 거기에 따라
주기를 바란다. 청소할 때 내가 고집하는 방식이 있어 모든 사람들이 나처
럼 해 주기를 바란다. 운전할 때는 내가 아는 길만 알려주려고 한다.
이처럼 자기만의 방식과 생각을 다른 사람에게 일방적으로 강요하는 것은
다른 사람의 방식과 생각을 무시하는 것이다. 그것은 미처 알지 못했던 새
롭고 흥미로운 방식과 생각을 발견할 기회조차 놓치게 한다.

'다른 사람의 방법을 신뢰해야지. 어쩌면 내 방법보다 더 나을지도 모르잖아.'

지루함

Boredom is the feeling that everything is a waste of time; serenity, that nothing is.

지루함이란 모든 것이 다 시간낭비라고 느끼는 것이다. 평정심이란 그 어느 것도 시간낭비가 아니라고 느끼는 것이다.

토마스 사즈 Thomas Szasz

모든 것은 태도에 달려 있다. 아무 할 일 없는 시간이 생겼다고 해보자. 이 시간을 방에서 어슬렁거리거나, 텔레비전을 보거나, 잡지를 뒤적이다 끝내는 사람이 있을 것이다. 이렇게 빈둥대다가 친구들은 뭘 하고 있을까 궁금해지기도 하고, 빈둥거리는 게 싫증 나 이 시간이 빨리 지나갔으면 하기도 한다.

그런데 그 시간을 내게 온 소중한 선물이라고 생각한다면 어떨까? 책임이 없으면 계획도 없다. 커피 향기를 음미하고, 산책하거나, 좋아하는 음악을 듣거나, 그 무엇이라도 바빠서 하지 못했던 일을 하며 그 시간을 만족스럽게 보낼 수 있을 것이다.

'권태에 빠질까 두려워 바쁘게 지낼 필요는 없어. 매 시간을 나를 충전하는 기회로 만들어야 해.'

기적의 힘

I'm in love with the potential of miracles.
For me, the safest place is out on a limb.

나는 기적의 힘을 사랑한다.
내게 가장 안전한 곳은 아슬아슬한 지점이다.

셜리 매클레인 Shirley MacLaine

기적은 생각보다 자주 일어난다. 다만 기적은 가능성을 열어 두어야만 경험할 수 있다. 기적이 일어나려면 어느 정도의 위험이 따른다. 좌절할 수도 있는 위험을 무릅쓰지 않으면 기적은 오지 않는다. 마음이 다칠 수도 있는 위험을 감수하지 않으면 사랑에 빠질 수도 없다. 도전이나 희생의 위험을 겁내면 더 큰 일도 해낼 수 없다.

'어떠한 위험이라도 감수한다면 기적은 분명 일어날 거야.
그때 눈을 뜨고 그 기적을 지켜보자.'

친구들과 함께 웃자

**That is the best—to laugh with someone
because you think the same things are funny.**

같은 이야기를 듣고도 재미있다고 함께 웃는 것, 이것이 최고다.

글로리아 반더빌트 Gloria Vanderbilt

우정은 웃음을 통해 깊어진다. 유머 감각이 비슷한 사람들은 가치관도 비슷할 가능성이 높다.
누구나 오래 사귄 친구들과 만나 이야기꽃을 피우며 실컷 웃고 싶어 한다. 서로 오랜 시간 함께 해왔고 서로에 대해 잘 알기에 서로의 유머 감각도 잘 이해하고 있다. 친구들과 함께 실컷 웃을 수 있는 가장 좋은 이야기는 함께 했던 시간에 관한 것들이다.

'오늘은 사랑하는 사람들과 이야기하며 신나게 웃어 보자.'

나를 드러내고 보여주어라

**If you do not tell the truth about yourself,
you cannot tell it about other people.**

자신을 솔직하게 이야기하지 않는 사람은
다른 사람에 대해서도 솔직하게 이야기할 수 없다.

버지니아 울프 Virginia Woolf

자신의 장단점을 알고 그것을 다른 사람들에게 허심탄회하게 이야기할 수 있는 사람은 다른 사람의 장단점을 이야기할 때도 좀 더 믿음이 간다. 다른 사람들 앞에서 자신의 장단점을 솔직하게 털어놓을 수 있다면 그는 다른 일에서도 신뢰할 수 있다.

'난 내가 잘하는 것과 잘 못하는 것을 알고 있어. 내가 과거에 어떤 실수를 했으며, 무엇을 잘 했는지 잘 알고 있어. 다른 사람들에게 내 있는 그대로의 모습을 보여줄 거야.'

가까이 있는 것을 사랑하라

When we cannot get what we love, we must love what is within our reach.

원하는 것을 손에 넣을 수 없다면, 손닿는 곳에 있는 것을 사랑하라.

프랑스 속담

갖고 싶은 것보다 지금 갖고 있는 것을 사랑하는 것은 포기도 아니고 현실 타협도 아니다. 오히려 그것은 성숙을 의미한다.

목표를 높게 잡고, 이를 위해 부지런히 달리는 것은 당연한 일이다. 그런데 그 목표를 이루지 못했다고 괴로워하거나 자책하지는 마라. 지금 누리고 있는 축복에 감사하고 이를 소중하게 여길 때 인생도 풍요로워진다.

'이루지 못한 것을 안타까워하기보다는 있는 그대로의 내 삶을 사랑하자.'

소소한 일에 초연해지자

All sins are attempts to fill voids.

모든 죄악은 공허함을 채우려는 시도에서 비롯된다.

시몬 베유 Simon Weil

흡연, 음주, 도박은 물론 텔레비전을 너무 오래 시청하거나, 다른 사람을 험담하고, 식탐을 부리는 것을 비롯해 사람들은 나쁜 습관을 갖고 있다.

왜 이런 습관을 버리지 못하는 걸까? 대개는 따분하고, 스트레스가 쌓이고, 불만이 많고, 슬프고, 짜증스럽고, 외롭기 때문이다. 이런 나쁜 습관이 기분을 좋게 해 주기를 기대하지만 오히려 이런 나쁜 습관 때문에 기분이 더 나빠지곤 한다. 나쁜 습관을 들인 원인을 찾아 이를 해결하지 않는 한 그 습관에서 결코 벗어날 수 없다.

'나쁜 습관으로 나를 학대하지 말고, 이런 습관을 들인 이유를 찾아 없애야지.'

다른 사람들을 존중하라

It is terrible to destroy a person's picture of himself in the interests of truth or some other abstraction.

타인이 소중하게 지니고 있는 자아상을 진실이니 뭐니 하는 잡다한 것들을 들먹이며 깨뜨려 버리는 것은 끔찍한 행위다.

도리스 레싱 Doris Lessing

자신에 대해 이야기할 때는 진실보다 더 좋은 것이 없다. 그러나 다른 사람에 대해 이야기를 할 때, 솔직하게 털어놓는다는 핑계로 그의 마음에 상처를 줄 필요가 있을까?

물론 이웃집 사람이 별로 똑똑하지도 않으면서 아주 똑똑한 척하면 아니꼬울 수 있다. 맵시 있게 꾸밀 줄도 모르면서 자신이 매력적이라고 착각하고 있는 이들을 보면 뒤에서 쑥덕거리기도 한다. 그러나 이런 상황에서 사실을 있는 그대로 털어놓는 것은 자신이나 그에게 아무런 이득도 되지 않는다. 오히려 해만 끼칠 뿐이다.

'비록 내가 성격이 급하더라도, 다른 사람들의 자긍심을 지켜주는 건 절대 잊지 말자. 그와 말다툼을 할 때도 그의 자존심을 상하게 하지는 말자.'

내일의 농담거리

The crisis of today is the joke of tomorrow.

오늘의 위기는 내일의 농담거리다.

H. G. 웰스 H. G. Wells

힘든 시기가 되면 우리는 '이 또한 지나리라' 생각하며 마음을 진정시킨다. 훗날 그때를 돌아보며 웃을 수 있는 이야기라고 생각하면 아무리 힘든 일이라도 마음을 진정시킬 수 있다.

힘들었던 시절도 지나고 나면 웃으면서 이야기할 수 있다. 그때 당시에는 심각한 위기였겠지만 훗날 돌이켜보면 별일이 아니었음을 알게 되거나, 그 상황을 겪고 난 뒤에 보다 강해졌기 때문에 웃어넘길 수 있는지도 모른다.

'최악이라고 생각한 날도 내 인생에 작은 순간에 불과하다는 사실을 되새기며, 모든 일을 넓게 보자.'

경외감

**The possession of knowledge does not kill the sense of wonder and mystery.
There is always more mystery.**

지식을 많이 가지게 된다고 해서 경외감이나 신비감이 사라지는 것은 아니다.
언제나 그 이상의 신비가 존재한다.

아나이스 닌 Anais Nin

우리가 사는 이 세상은 알면 알수록 너무나 놀랍고, 우리가 거기에 대해 아는 게 너무나 빈약하다는 사실을 알게 된다. 많이 배우면 배울수록 이 사실을 더 분명하게 깨닫는다.

어떤 사람들은 과학적인 지식을 너무 많이 알면 세상에 대한 경외감이 줄어들지 않을까 염려한다. 새소리에 관련된 물리학과 생물학, 그리고 그것이 표현하고 있는 짝짓기에 대해 연구하고 많이 알면 새소리가 더 이상 아름답게 들리지 않을까 염려한다. 하지만 아무리 많이 알아도 그렇지 않다는 사실을 우리는 잘 알고 있다. 오히려 새소리를 더 사랑하게 될지 모른다.

'많이 아는 것도 가치 있지만, 이 멋진 세상에 감동할 줄 아는 게 먼저야.'

비판

Don't find fault, find a remedy.

잘못된 점만 찾지 말고, 해결책을 찾아라.

헨리 포드 Henry Ford

해결책을 제시하지도 못하면서 남의 잘못을 찾아내는 데만 골몰한 적은 없는가?

문제가 생겼을 때 필요한 것은 비판이 아니라 해결책이다. 내가 해답을 내놓지 못하더라도 최소한 문제를 해결하려고 애쓰는 사람을 격려해 주거나 함께 고민하는 것이 옳다.

'남의 실수를 비난하기 전에 그 문제를 해결할 수 있는 방법을 찾아봐야겠다.'

사랑 이야기

The story of a love is not important—what is important is that one is capable of love. It is perhaps the only glimpse we are permitted of eternity.

사랑 이야기는 중요하지 않다. 중요한 것은 사랑할 수 있는 능력이다. 이것이야말로 영원을 엿볼 수 있도록 우리에게 허용된 유일한 창구다.

헬렌 헤이스 Helen Hayes

누군가를 사랑할 때 우리는 자신의 가장 선한 모습을 드러내 보인다. 우리는 그에게서 사랑을 받기 원하고, 그 사랑이 영원하기를 꿈꾼다.
사랑이 바라는 대로 이루어지지 않는다고 해도, 사랑할 수 있다는 사실만으로도 우리는 한층 성숙해진다. 그리고 언제라도 사랑할 수 있다.

'나는 사랑할 수 있어. 그리고 사랑하면서 더 성숙해질 거야.'

믿음

What we need is not the will to believe, but the wish to find out.

우리에게 필요한 것은 믿고자 하는 의지가 아니라 알고자 하는 소망이다.

버트런드 러셀 Bertrand Russell

믿음이 확신으로 이어지려면 상상력이 풍부해야 한다. 진정한 믿음은 인생의 어려운 문제에 대한 해답을 찾으려는 욕구와, 그 해답을 추구하는 마음가짐이다. 진정한 믿음은 종교적인 교리를 따르는 것일 수도 있고, 자신의 경험이나 연구를 통해 얻은 것일 수도 있다. 어떤 경우라도 그 의미를 끊임없이 추구하고 해답을 찾고자 노력하는 한 믿음은 더 깊고 강해진다.

'믿음은 나를 지탱해 주고, 나로 하여금 보다 많은 것을 알기 위해 노력하도록 이끌어 줘.'

화나게 하는 것

Everything that irritates us about others can lead us to an understanding of ourselves.

다른 사람이 내 눈에 거슬리는 점이 무엇인지 살펴보면 나 자신을 더 잘 이해할 수 있다.

카를 구스타프 융 Carl Gustav Jung

/

우리는 누군가에게 '준 것 없는데 괜히 미운 사람'이라는 딱지를 붙이는 경우가 있다. 그런데 그 사람의 어떤 점이 눈에 거슬리는지 물으면 머뭇거리기만 한다. 그 사람의 걷는 모습? 그 사람의 하는 짓이 그냥 눈에 거슬리는 걸까? 이유는 알 수 없지만, 누군가가 괜히 싫고, 그런 감정에 죄책감을 느끼지 않는다.

자세히 들여다보면, 그러는 것은 그 사람 때문이 아님을 알 수 있다. 오히려 그가 예전에 나를 괴롭혔던 사람을 떠올리게 하기 때문이거나, 그가 내 단점을 자꾸만 상기시키기 때문이다. 그를 못마땅해 하는 것은 혹시 내가 저질렀던 잘못이나 자신에 대한 불만 때문에 그러는 것은 아닌지 곰곰이 생각해 보라.

'누군가에게 괜히 화가 나거나 짜증을 낸다면 그 이유가 내게 있는 건 아닌지 생각해 봐야겠다.'

모험

Make voyages! Attempt them! There's nothing else.

항해에 나서라! 시도하라! 그 외에는 아무것도 없다.

테너시 윌리엄스 Tennessee Williams

우리는 늘 조심하라는 말을 들으며 살아왔다. "안전벨트를 매라", "길을 건널 때는 조심해서 양쪽을 잘 살펴라", "돈을 절약해라", "공부해라", "몸에 좋은 음식을 먹어라", "정기 검진을 받아라", "제대로 걸어라"…….

물론 이런 충고는 새겨들어야 한다. 그러나 어느 정도 위험을 감수하지 않으면 성장할 수 없다. 가끔은 인생이 주는 모험에 뛰어들어 성장할 수 있는 계기로 삼아야 한다.

'지루하게 살고 싶지 않아. 지금 내 행동이 나중에 나를 크게 키울 거라고 믿어.'

실패

I have not failed. I've just found 10,000 ways that won't work.

나는 실패한 것이 아니다. 다만 쓸모없는 방법을 만 가지나 찾아냈을 뿐이다.

토머스 에디슨 Thomas Edison

사전에서 '실패'라는 단어를 삭제해 버리는 것이 어떨까? 흔히 성공의 반대가 실패라고 생각한다. 그래서 모든 노력을 성공과 실패라는 엄격한 이분법으로 나누려고 한다.

인생은 그렇게 간단하지 않다. 아기가 첫 걸음마를 뗀 다음 넘어지는 것을 보고 아기가 실패했다고 말하는가? 두 발로 서기 시작하고, 걸음마를 떼고, 넘어지는 것은 반드시 거쳐야 할 과정이다.

'실패는 배움과 성장으로 가는 데 필요한 단계라고 생각하자.'

강풍

A great wind is blowing, and that gives you either imagination or a headache.

강풍이 분다. 이 바람으로부터 누구는 상상을 얻고 누구는 두통을 앓는다.

카트린 대제 Catherine the Great

격동과 혼란의 시기에 대처하는 방법에는 두 가지가 있다. 하나는 이 시기를 새로운 생각이나 행동을 할 기회로 삼는 것이다. 다른 하나는 뒤로 물러나 위험을 피하는 변명거리로 삼는 것이다.

창의력과 기지가 풍부한 사람들은 변혁의 시기에 자기만의 성과를 이룬다. 그와 달리 소극적인 사람들은 몸을 움츠린 채 자신을 보호하기에만 급급하다.

'고난이 와도 결코 굴복하지 않을 거야. 오히려 새로운 생각을 떠올릴 수 있는 기회로 삼아야지.'

웃음

The most wasted of all days is one without laughter.

가장 쓸모없이 허비한 날은 웃음 없이 보낸 날이다.

E. E. 커밍스 E. E. Cummings

다행스럽게도 웃음은 금방 찾을 수 있고 비용도 전혀 들지 않는다. 웃음은 인종, 종교, 믿음을 초월해 누구나 가질 수 있다. 웃음은 전염성이 강해 전파하기도 쉽다. 만약 웃을 일이 없다면 자신을 생각하면서 웃어 보라.

'지금 당장 한바탕 웃어 보자.'

행동하라

All you have to do is look straight and see the road,
and when you see it, don't just looking at it—walk.

고개를 똑바로 들고 길을 보라. 길이 보이면 보고 있지만 말고 걸어라.

에인 랜드 Ayn Rand

할 만큼 조사도 했고, 의논도 충분히 마쳤다. 리스트를 작성하고 계획안도
세웠다. 이제는 모든 것이 제대로 준비되었는지 재점검하는 것만 남았다.
천리 길을 가기 위한 준비는 완벽하게 갖추었지만, 아직 그 길을 가기 위한
첫걸음은 떼지 않았다.

때로는 모든 것을 완벽하게 준비하려고 계획만 세우다가 기회가 온 것을
눈치 채지 못하기도 한다. 계획도 중요하기는 하지만, 계획보다는 먼저 첫
걸음을 떼야 할 때가 있다.

'내게 보다 중요한 건 완벽한 계획이 아니라 실천이야.'

바로 오늘

Yesterday is ashes; tomorrow wood. Only today does the fire burn brightly.

어제는 재, 내일은 나무다. 불이 환하게 타는 것은 오늘뿐이다.

에스키모 속담

우리는 지금 이 순간 여기, 오늘을 살고 있다. 과거는 아름다운 추억을 간직하고 있고, 미래는 희망을 품고 있다. 그러나 실제로 우리가 사는 시간은 현재, 바로 오늘이다.

'Carpe diem, 오늘을 잡아라.'

목표를 높게 잡자

If you would hit the mark, you must aim a little above it.

과녁에 정확히 맞추려면 과녁보다 약간 높이 조준해야 한다.

헨리 워즈워스 롱펠로 Henry Wadsworth Longfellow

목표를 향하고 있다면 아직 그것을 달성하지 못했다고 해도 괜찮다. 세 시간 안에 마라톤 완주를 하려면 네 시간 완주를 목표로 했을 때와는 다르게 훈련해야 한다. 비록 세 시간 안에 완주하지 못하더라도 네 시간 완주를 목표로 했을 때보다는 좋은 기록을 세울 수 있다.

'목표를 세운 다음 그것을 달성하기 위해 열심히 노력할 거야.'

잠시도 쉬지 마라

Live with no time out.

타임아웃 없는 인생을 살아라.

시몬 드 보부아르 Simone de Beauvoir

인생에는 일시 멈춤 버튼이 없다. 최선을 다하든 그렇지 않든 그 어느 하루, 그 어느 한 순간도 인생에서 삭제하거나 멈추게 할 수 없다.

우리의 인생 시계는 무슨 일이 있어도 멈춤 없이 돌아가고 있다. 우리가 진정으로 가진 것이 있다면 그것은 시간이다. 그 시간을 조금도 허비하지 않는 사람이 인생의 승자다.

'살다가 잠시 멈추고 싶을 때가 오더라도 내게 주어진 순간순간을 알차게 살자.'

특별한 사람은 바로 나야

I always wondered why somebody doesn't do something about that.
Then I realized I was somebody.

나는 '왜 누군가 그 일을 하지 않을까' 늘 궁금해 했다.
그러다가 내가 바로 그 누군가임을 알게 되었다.

릴리 톰린 Lily Tomlin

바닥에 쓰레기가 떨어져 있는 것을 보고 쓰레기를 버린 사람을 욕하거나
왜 아무도 그걸 치우지 않는지 짜증내면서 그냥 지나쳐 버린 적은 없는가?
잠시 허리를 굽혀 쓰레기를 줍고 쓰레기통에 버리는 것은 어려운 일이 아
니다. 그럼에도 불구하고 우리는 그것이 다른 사람이 할 일이라고 생각하
고 그냥 지나쳐 버린다. 물론 그것은 환경미화원이 해야 할 일이기는 하다.
하지만 우리가 각자 단 한 개라도 쓰레기를 줍는다면 거리는 금세 깨끗해
질 것이다.

'누군가가 그 문제를 해결할 때까지 방관하지 말고 내가 먼저 나서자.'

실수

Mistakes are part of the dues one pays for a full life.

실수는 알찬 삶을 위해 반드시 치러야 하는 비용이다.

소피아 로렌 Sophia Loren

그 누구도 실수를 하지 않고 살기를 기대할 수는 없다. 다만 위험한 실수나 다른 사람의 감정을 상하게 하는 실수를 하지 않기를 바랄 뿐이다.

실수를 한 뒤에는 그것을 서둘러 잊고 싶기도 하다. 그러나 그 실수에서 배운 게 있다면 실수는 흥미롭고, 도전정신을 불러일으키고, 자신에게 자극을 준 경험이 될 수 있다.

'실수에서 배우자.'

계속 화를 내는 것

Holding on to anger is like grasping a hot coal with the intent of throwing it at someone else; you are the one who gets burned.

화를 붙들고 있는 것은 누군가에게 던질 작정으로 뜨거운 석탄을 손에 쥐고 있는 것과 같다. 그것에 데는 것은 바로 자신이다.

부처

상대방의 잘못을 잊지 않는 사람은 분노에 의해 인생을 지배당한다. 상대방은 자신의 잘못으로 내가 앙심을 품고 있으리라곤 전혀 생각하지 못하고 그 일을 잊은 지 오래인데 나 혼자 화를 내며 속을 끓인다.

우리는 "화를 내는 데는 그만한 이유가 있다"며 분노를 정당화한다. 그럴 수도 있다. 하지만 분노가 정당하다고 해서 과연 화를 풀지 않고 계속 분노에 싸여 있는 것조차 정당하다고 말할 수 있을까? 왜 억울함을 호소하느라 다른 사람들을 힘들게 하고 자신의 인생을 지치게 하는가?

'살다 보면 화를 낼 때도 있어. 하지만 되도록 풀어 버리는 게 나을 수 있어.'

친절을 베풀 기회

You cannot do a kindness too soon,
for you never know how soon it will be too late.

친절은 아무리 빨리 베풀어도 지나침이 없다.
친절을 베풀기에 너무 늦은 때가 얼마나 빨리 올지 아무도 알 수 없기 때문이다.

랠프 월도 에머슨 Ralph Waldo Emerson

누군가에게 호의를 베풀거나 누군가를 칭찬할 완벽한 때를 기다려서는 안
된다. 모든 순간은 너무나 빨리 왔다가 너무나 빨리 지나가 버린다. 완벽한
때를 기다리느라 지체하는 사이에 그 기회를 놓쳐 버릴 수 있다.
그런 마음이 들 때는 기다리지 말고 당장 칭찬하고 호의를 베풀어라. 그가
좋아할 말은 기다리지 말고 생각나는 그 순간에 하라.

'다른 사람에게 친절을 베풀 기회를 놓치지 말자.'

강인함

What does not destroy me, makes me stronger.

나를 파괴하지 못한 것은 나를 더 강하게 단련해 준다.

프리드리히 빌헬름 니체 Friedrich Wilhelm Nietzsche

우리는 힘든 일을 겪은 후에야 보다 강해지고 보다 현명해진다. 그런데 이 말을 잘 알고 있으면서도 당시에는 이런 말들이 귀에 잘 들어오지 않는다. 힘든 시기를 거친다고 누구나 다 강인해지는 것은 아니다. 스스로 그 힘든 시절을 견뎌내고 이겨내기 위해 노력하는 과정에서 더 단단해지는 사람도 있고 그렇지 않은 사람도 있다. 고난을 어떻게 받아들이느냐에 따라 이후 의 인생은 달라진다. 힘들어도 웃고 인내심과 용기를 잃지 않고 헤쳐나간 다면 그 과정에서 숨어 있던 잠재력을 깨달을 수 있다.

'아무리 힘들어도 거뜬히 이겨내자. 그럴수록 나는 더 강해질 거야.'

변화의 시기

Change before you have to.

마지못해 변하기 전에 자발적으로 변하라.

잭 웰치 Jack Welch

누구나 싫든 좋든 변화와 마주해야 할 때가 있다. 하고 싶지 않은 일을 해
냈을 때 성숙해진 자신과 만나게 된다.

외적인 강요가 아니더라도 스스로 그런 기회를 만들어 보면 어떨까? 변화
를 미리 예측하고 적극적으로 실천해 보면 어떨까? 어쩔 수 없는 지경에까
지 이르기 전에 자발적으로 나선다면 더 성숙해지지 않을까?

'발전적인 것이라면 내가 먼저 나서서 주도해야지.'

자아와 지위

Avoid having your ego so close to your position that when your position fails, your ego goes with it.

자신의 자존심을 너무 자신의 지위와 가까운 곳에 두었다가 지위가 떨어지면 자존심도 함께 추락하는 일이 없도록 하라.

콜린 파월 Colin Powell

자신의 일을 성공적으로 해낼 때 누구나 긍지를 느낀다. 누구든 자신의 업적을 알리고 싶어 한다. 그런데 세월이 흘러 은퇴하게 되면 직함도 사라지고 그때 자신을 어떻게 소개해야 할지 막막해진다. 심한 경우에는 자신의 정체성마저 흔들리기도 한다.

물론 하고 있는 일에 애착을 갖는 것은 좋지만, 그 일과 자신은 별개며, 하고 있는 일이 내 존재를 알려주는 것도 아님을 명심하라.

'내 일을 사랑하지만, 내 인생과 내 진정한 자아는 그 이상이야. 그러니까 일 말고도 나를 만족스럽게 해 주는 다른 것을 찾아볼 거야.'

화선지에

먹물이 번지듯이

조심스럽지만

거침없이

September

Knowledge can be communicated but not wisdom.

지식은 대화로 주고받을 수 있지만 지혜는 그렇지 않다.

새로운 가능성

What after all has maintained the human race on this old globe, despite all the calamities of nature and all the tragic failings of mankind, if not the faith in new possibilities and the courage to advocate them.

그 모든 자연의 재앙과 그 많은 인류의 비극적인 실패에도 불구하고 지금까지 인류를 지탱해 준 것은 새로운 가능성에 대한 믿음과 그 가능성을 옹호하는 용기가 아니고 무엇이겠는가.

제인 애덤스 Jane Adams

인류는 늘 보다 나은 세상을 꿈꾸어 왔다. 꿈이 있었으므로 인류는 살던 곳에서 낯선 곳으로, 바다를 건너 멀고도 험한 불확실한 여정을 떠났다. 꿈이 있었으므로 인류는 심해와 우주를 탐험했다.

우리는 꿈이 있기에 매일 새로운 오늘이 가져다줄 가능성을 굳게 믿으며 희망찬 아침을 맞는다.

'전쟁과 기아를 비롯해 수많은 재앙에도 불구하고 인류가 지금까지 포기하지 않고 이어온 건 놀라운 일이야. 그에 비하면 내 문제는 너무나 사소해. 그러니 내게 어떤 일이 닥쳐도 포기하지 말고 나아가자.'

세상의 기적

This world, after all our science and sciences, is still a miracle: wonderful, inscrutable, magical and more, to whoever will think of it.

그 모든 과학과 학문의 진전에도 불구하고 결국 이 세상은 여전히 하나의 기적으로밖에 볼 수 없다. 누구든 생각해 보면 이 세상은 경이롭고, 불가사의하고, 신비롭다.

토머스 칼라일 Thomas Carlyle

지리학, 생물학, 그리고 천체물리학에 이르기까지 우리는 과학을 통해 세상의 이치를 배웠다. 다이아몬드가 어떻게 만들어지는지, 폭포가 어떻게 형성되는지, 새들은 어떻게 그 멀리까지 날아갈 수 있는지 배워 알고 있다. 그러나 이런 지식들로 이 세상을 다 설명할 수 있는 것은 아니다. 표면적인 현상은 설명할 수 있지만 본질적인 이유는 여전히 알지 못한다. 그 해답을 찾는 것이 우리가 평생 동안 해야 할 일이다.

'내가 살고 있는 세상은 너무나 신비로워. 알면 알수록 더 신비롭고 경외감마저 우러나는걸.'

치열한 생존 경쟁

The problem with winning the rat race is you're still a rat.

생쥐들끼리 치열하게 싸워 승리한들 생쥐는 결국 생쥐일 뿐이다.

릴리 톰린 Lily Tomlin

지기를 바라는 사람은 없다. 누구나 이기기를 바란다. 그렇다면 이긴다는 것은 무엇을 의미하는가? 싸우지 않겠다고 마음먹으면 패배자가 되는가? 인생을 내가 앞서가야 하는 경주라고 여기기보다는 춤이라고 생각하자. 이겨야 한다는 생각 대신, 새로운 동작을 배우고 이를 우아하게 표현하고 즐기는 것이 인생이라고 생각하자.

'나도 이기기를 바라지만, 무조건 남들을 누르고 앞서가야 할 필요는 없어. 내가 생각하는 승리는 남들과는 달라. 성실한 자세, 낙관적인 태도, 그리고 다른 사람들을 아끼는 것, 그게 승리라고 생각해.'

묵묵히 계속하는 거야

Even if I knew that tomorrow the world would go to pieces, I would still plant my apple tree.

내일 지구가 멸망할지라도 나는 여전히 사과나무를 심겠다.

베네딕트 드 스피노자 Benedict de Sprinoza

흔들리지 않고 묵묵히 하던 일에 열중하려면 큰 용기가 필요하다. 세상에서 벌어지는 일이나 개인적인 문제 때문에 비명을 지르거나, 펑펑 울거나, 벽에 머리를 찧고 싶을 때가 있다. 그런 때라도 어깨를 당당하게 펴고 고개를 꼿꼿하게 세운다면 차분한 마음으로 그 일에 전념할 수 있다. 비록 내일 세상의 종말이 올 것 같더라도 평정심을 찾으려는 노력은 내려놓지 말아야 한다.

'어떠한 상황에서도 남에게 하소연하거나 떠벌이지 않고 묵묵히 자신의 일을 해 나가는 사람을 보면 정말 존경스러워. 나도 그처럼 될 수 있어.'

경쟁에서 이기기

Don't bother just to be better than your contemporaries or predecessors.
Try to be better than yourself.

동료나 전임자들을 이기려고 애쓸 필요는 없다.
자신을 이기려고 노력하라.

윌리엄 포크너 William Faulkner

스포츠에는 개인 최고 기록이 있다. 가장 중요한 경쟁 상대는 자기 자신이다. 오늘의 나는 어제의 나보다 더 나을까? 내일의 나는 오늘의 나보다 더 잘 해낼 수 있을까?
다른 사람들과 경쟁하기보다 자기 자신과 겨루는 것이 보다 건설적이다. 자신과 겨루면 속임수가 통하지 않는다. 시기할 이유도 없고, 억울하지도 않으며, 패배 의식에 젖을 일도 없다.

'나는 무엇을 고쳐야 할까? 항상 보다 나은 내가 되도록 하자.'

나쁜 일은 서둘러 잊어버려라

Happiness is good health and a bad memory.

건강하고 기억력이 좋지 않을 때 그것이 행복이다.

잉그리드 버그먼 Ingrid Bergman

우리는 무언가 잊어버릴까 염려해 메모를 해서 갖고 다니거나 눈에 잘 띄는 곳에 붙여 놓는다. 주소록이나 스케줄 표를 늘 몸에 지니고 다닌다. 그러나 잊어버리는 것이 오히려 정신 건강에 좋다고 생각해 본 적은 없는가? 배신당했거나, 울었거나, 황당한 일을 당했던 기억들은 잊어버려도 좋다. 실망했거나 창피했던 일들도 잊어버리자. 지나간 일 때문에 허우적거리기보다 미래를 향해 나아가라.

'좋은 기억은 오래 간직하고 나쁜 기억은 모두 날려 버리자.'

돌아서 가는 길

The really happy person is the one who can enjoy the scenery on a detour.

정말 행복한 사람은 우회로 주변의 풍경을 즐길 줄 아는 사람이다.

화자 미상

가야 할 길을 벗어나 우회로에 들어선 적은 없는가? 인생의 여정에서도 우회로로 빠지는 경우는 허다하다. 원하는 대학에 가고 싶었지만, 다른 직장에 가고 싶었지만 그러지 못했다.

그러나 어긋나 버린 계획에 한숨짓기보다는 엉뚱하게 도착한 그곳에서 기쁨을 찾으려는 사람이 진정 행복한 사람이다. 어디에서 무엇을 하더라도 지금 있는 그곳에서 행복을 찾아야 한다.

'기회를 놓쳤다고 징징대지 말고, 지금 누리고 있는 기회를 소중하게 여기자.'

옛 시절로 돌아가서 나를 보자

There is nothing like returning to a place that remains unchanged to find the ways in which you yourself have altered.

변하지 않고 그대로 남아 있는 곳에 가서야 비로소 자신이 그동안 얼마나 많이 변해 왔는지 깨닫는 것, 그것은 그 무엇과도 비교할 수 없다.

넬슨 만델라 Nelson Mandela

고등학교 동창회 소식을 들었을 때 설레면서도 두렵기도 하다. 친구들은 고등학교 때와 지금의 내 모습을 어떻게 생각할까? 내가 하나도 변하지 않았다는 친구들의 말에 실망하면서도 한편으로는 기쁘기도 하다. 이처럼 우리는 옛날 지인들을 통해 지금 자신의 모습을 들여다본다.

'학창 시절 친구들은 나를 어떻게 기억하고 있을까? 그들의 기대를 저버리지 않으려면 어떻게 해야 할까? 그러면서도 나만의 삶을 살리면 어떻게 해야 할까?'

더 나은 실패를 하라

Ever tried. Ever failed.
No matter. Try again. Fail again. Fail better.

시도했는가? 실패했는가?
괜찮다. 다시 시도하라. 다시 실패하라. 더 나은 실패를 하라.

사뮈엘 베케트 Samuel Beckett

우리는 어쩔 수 없이 숱한 실패를 경험하며 살아간다. 앞으로도 또 실패할 수 있다. 그러나 아무리 실패하더라도 똑같은 실패는 하지 말아야 한다. 실패했더라도 그 실패에서 새로운 방법을 찾아 성장할 수 있어야 한다.

'실패했다고 좌절하지 말자. 실패했다고 그 일 때문에 절망하기보다는 실패를 새로운 것을 만날 수 있는 기회라고 생각하자.'

세상을 더 넓게 보라

Our loyalties must transcend our race, our tribe, our class, and our nation: and this means we must develop a world perspective.

우리의 충성심은 인종, 부족, 계급, 국가를 초월해야 한다. 우리는 세계를 보는 시각을 길러야만 한다.

마틴 루터 킹 2세 Martin Luther King, Jr

인류는 지구에 첫 발을 디딘 이래 무리를 지어 살아왔다. 가족에서부터 이웃, 학교, 도시, 국가 등, 무리 지은 사람들과 동질감을 형성한다. 우리는 무리의 구성원이 될 때 자부심과 충성심을 느끼고, 보호받고 있다는 안정감을 얻는다. 그러나 우리는 이 무리보다 훨씬 더 큰 무리, 즉 인류의 구성원이라는 사실을 결코 잊지 말아야 한다.

'나는 내 혈통, 내가 믿는 종교, 내 나라를 자랑스럽게 생각해. 하지만 나는 좀 더 크고 넓은 세상의 일부이기도 해.'

결정을 내려야 할 때

In any moment of decision, the best thing you can do is the right thing, the next best thing is the wrong thing, and the worst thing you can do is nothing.

결정을 내려야 할 때, 가장 좋은 선택은 옳은 것을 하는 것이고, 그다음으로 좋은 선택은 잘못된 일을 하는 것이며, 가장 안 좋은 선택은 아무것도 하지 않는 것이다.

시어도어 루스벨트 Theodore Roosevelt

'그걸 모른다면 어쩌지?', '좋은 사람을 사귀지 못하면 어쩌지?', '직장을 구하지 못하면 어쩌지?'……. 이처럼 우리는 걱정으로 안절부절못한다. 확신이 서지 않아 결정하지 못하는 경우라면 잠시 그 생각을 내려놓고 정신이 맑을 때 다시 생각해 보는 것이 낫다. 아무런 결정을 내리지 않을 때도 있지만 그것은 가장 어리석은 짓이다.

'사전에 조사해 보고, 믿을 만한 사람들의 이야기를 들어보고 나서 깊이 생각해 보자. 그 다음에 결정을 내리고 행동으로 옮기자. 내가 선택한 길이 어긋나더라도 다시 바른 길을 찾아갈수 있어. 그러나 아무런 결정도 내리지 않는다면 어디로 가야 할지 결코 알 수 없어.'

지금 내 모습

To become different from what we are,
we must have some awareness of what we are.

지금과 다른 내가 되고 싶다면 지금의 나에 대해 알아야 한다.

에릭 호퍼 Eric Hoffer

다이어트를 할 생각이라면 먼저 자신의 몸무게를 알아야 하듯이, 자신을 분명하게 알지 못하면 목표하는 자신의 모습을 기대할 수 없다. 자신의 상황을 정확히 파악한 후에야 앞으로 해야 할 일이 무엇인지 알 수 있다. 지금과 다른 삶을 살고 싶다면 현재 자신의 상황을 알고 있어야 한다.

'내가 누군지 알고 있어야 보다 나은 내가 되는 방법도 알 수 있겠지.'

한결같다고 좋은 건 아니야

Consistency is the last refuge of the unimaginative.

한결같음은 상상력이 없는 이들의 마지막 도피처다.

오스카 와일드 Oscar Wilde

누군가 내가 작성한 것을 보고 좀 바꾸어 보라고 지시하면 "항상 이렇게 해 왔는데요"라며 반발한다. 그것은 자랑이 아니다. 때로는 평소와는 다르게 시도해 보는 것이 좋다. 새로운 것을 시도하다 보면 융통성이 생기고 보다 열린 마음을 갖게 된다. 이것은 변화가 필요한 상황에 큰 도움이 된다. 시도해 본 변화가 당장 도움이 되지 않더라도 분명히 단 한 가지라도 배울 수 있다.

'바꿔 보면 기분도 좋아질 거야.'

선량함

Goodness is easier to recognize than to define.

선량함은 기준을 정하는 것보다 그것을 알아보는 것이 더 쉽다.

W. H. 오든 W. H. Auden

어떤 사람은 선량한 사람이 갖추어야 할 조건을 다 갖추고 있는데도 불구하고 마음이 끌리지 않는다. 반면에 어떤 사람은 선량한 사람이라는 기준에 들어맞지 않는 것 같으면서도 함께 있으면 따스함과 온화함을 느끼게 된다. 이런 사람과 함께 있을 때 우리도 그처럼 되고 싶어진다.

'나는 나 자신에게나 다른 사람들에게 선량한 사람이 되려고 해. 물론 선량한 사람들과 함께 하며 그들을 본보기로 삼아서 말이야.'

마음가짐이 문제야

Nothing can stop the man with the right mental attitude from achieving his goal; nothing on earth can help the man with the wrong mental attitude.

정신이 올바른 사람에게는 그 무엇도 목표를 달성하는 데에 방해가 되지 못한다. 정신이 올바르지 못한 사람에게는 그 무엇도 도움이 되지 못한다.

토머스 제퍼슨 Thomas Jefferson

'할 수 없어', '절대 안 될 거야', '아무도 못해', '돈이 부족해', '그런 건 배우지 못했어', '시간이 없어'……. 첫걸음을 떼기도 전에 그러지 못하는 이유부터 찾아낸다. '해내지 못할 거야' 생각한다면 그 어떤 것도 이루지 못한다. 그러나 열정을 갖고 그 도전을 기꺼이 받아들인다면, 잘 해내리라 믿는다면 성공할 가능성도 높아진다.

'해야 할 일 자체를 바꿀 수는 없지만, 그 일에 임하는 마음가짐은 바꿀 수 있어.'

사랑과 일

Love and work are the cornerstones of our humanness.

사랑과 일은 인간다움의 토대다.

지그문트 프로이트 Sigmund Freud

인간답게 사는 데에 필요한 것은 아주 간단하다. 사랑할 사람과 할 일, 이 두 가지뿐이다. 사랑할 사람이 반드시 연인이어야 할 필요는 없다. 아이, 친구, 부모, 심지어 애완동물이라도 사랑할 수 있다. 반드시 원하는 일이거나 원하는 직장에 들어가야만 일을 할 수 있는 것도 아니다. 어디서든, 어떤 일이나 활동이어도 상관없다.

사랑할 때 우리는 가장 멋진 사람이 된다. 어느 곳에서든 일할 때 우리는 자신이 필요한 사람이며, 목적 있는 삶을 산다고 느낀다. 이 두 가지가 모여 행복한 삶을 쌓아 간다. 이 두 가지가 우리를 진정한 인간으로 키운다.

'사랑하는 사람이 없다면 사랑을 받아들일 자리를 만들어야겠다. 할 일이 없다면 찾아봐야겠다. 사랑과 일, 이 두 가지는 행복을 위해 반드시 필요한 거니까.'

새로운 결말

Though no one can go back and make a brand new start, anyone can start from now and make a brand new ending.

어느 누구도 과거로 돌아가 새로 시작할 수 없지만, 누구나 지금부터 시작해 전혀 다른 결과를 만들어 낼 수는 있다.

카를 바르트 Carl Bard

✉

우리는 과거에 저질렀던 실수와 잘못된 선택, 친구를 힘들게 했던 일을 곱씹는 데 많은 시간을 보낸다. '그때 좀 더 현명했더라면', '그때 좀 더 참았더라면', '좀 더 따뜻하게 대해 주었더라면'……. 아무리 곱씹어도 지나간 일은 바꿀 수 없다.

그러나 앞으로 새로운 방식으로 살아갈 각오는 다질 수 있다. 과거의 실수를 또 다시 저지르지 않고, 보다 현명하게 결정하고, 주위 사람들을 보다 따뜻한 마음으로 대할 수 있다. 새롭게 거듭나고 쇄신할 수 있는 수많은 기회가 우리 앞에 있다.

'옛날에 내가 했던 일에 얽매일 필요는 없어. 원하는 미래를 얼마든지 만들 수 있으니까.'

실수에서 배우자

To make no mistake is not in the power of man; but from their errors and mistakes the wise and good learn wisdom for the future.

실수는 사람의 힘으로 막을 수 없다. 그러나 지혜롭고 훌륭한 사람은 실수와 오류로부터 미래를 대비하는 지혜를 배운다.

플루타르코스 Plutarch

/

이력서에는 과거에 저지른 실수가 포함되지 않는다. 이는 안타까운 일이다. 실수는 실패가 아니라 성장과 변화의 기회를 알려준다. 실수를 했다는 사실보다는 그 실수로부터 무엇을 배웠는지가 중요하다.

'실수를 하고 싶지 않아도 마음처럼 되지 않아. 하지만 실수했다고 자책하기보다는 그걸 배움의 기회로 삼아야겠다.'

칭찬

I can live for two months on a good compliment.

나는 칭찬 한마디면 두 달을 살 수 있다.

마크 트웨인 Mark Twain

무심코 한 말이라도 칭찬의 힘은 결코 사소할 수 없다. 누군가가 내게 칭찬해 주었을 때를 생각해 보라. 잘했다거나 오늘 멋있어 보인다는 칭찬, 내 능력을 칭찬해 주면 어깨가 으쓱해지고, 얼굴이 밝아지며, 발걸음도 경쾌해진다. 칭찬을 받으면 칭찬해 준 사람에게 호감이 간다.

'칭찬받으면 기분이 좋아. 누구든 그럴 거야. 칭찬을 받으면 나 역시 다른 사람들을 칭찬해 주고 싶어져.'

재능과 인격

It is one thing to be gifted and quite another thing to be worthy of one's own gift.

재능을 타고난 것과 그 재능에 어울리는 값을 하는 것은 전혀 별개다.

나디아 불랑제 Nadia Boulanger

특별한 재능을 타고난 사람이 반드시 특별한 성품을 갖추고 있는 것은 아니다. 남다른 두각을 나타낸다고 하더라도, 그것은 운이 좋거나 그 분야에 재능이 있을 뿐이지 그럴 만한 자격을 갖춘 것은 아니다.

'내가 다른 사람보다 잘하는 것이 있다면 그것은 좋은 일이야. 그렇다고 그게 남들보다 더 잘났다는 뜻은 아니야.'

계절의 변화

To be interested in the changing seasons is a happier state of mind than hopelessly in love with spring.

변화하는 계절에 관심을 갖는 것이 하염없이 봄만 사랑하는 것보다 더 행복하다.

조지 산타야나 George Santayana

날씨가 추우면 따뜻한 날씨가 얼마나 좋은가를 알게 되고, 날씨가 더우면 추운 날씨의 고마움을 알게 된다. 우리는 벌거벗은 나무에 녹음이 짙어지고 황금빛으로 물들다가 다시 그 나무가 벌거벗은 모습으로 돌아가는 것을 지켜본다. 겨울이 지나고 봄이 오면 싹이 돋아나 파릇파릇해지는 기적이 다시 시작된다.

'계절의 변화를 즐기듯이 내 인생의 변화도 즐기자.'

길 한가운데

We know what happens to people who stay in the middle of the road.
They get run over.

도로 한복판에 가만히 서 있으면 무슨 일이 일어날지 우리는 안다. 차에 치인다.

앰브로즈 비어스 Ambrose Bierce

나와 가까이 지내는 두 사람이 각기 다른 의견으로 첨예하게 대립할 때, 두 사람의 중간에서 두 사람의 기분을 상하지 않도록 중립을 지켜야 할까? 친하게 지내던 누군가를 화나게 할지라도 생각을 분명하게 표현해야 한다. 생각이 분명하지 못하면 오히려 다른 사람의 마음을 상하게 한다.

'지나치게 신중해서는 안 돼. 안전만 챙기는 건 오히려 나를 힘들게 할 뿐이야.'

쓸모없는 생각은 없다

The problems of the world cannot possibly be solved by skeptic or cynics whose horizons are limited by the obvious realities. We need men who can dream of things that never were.

명백한 현실만 볼 수 있도록 한정된 시야만 가진 회의론자와 냉소주의자들은 세상의 많은 문제를 결코 해결할 수 없다. 우리에게 필요한 사람은 전혀 존재한 적이 없었던 것을 꿈꿀 수 있는 이들이다.

존 F. 케네디 John F. Kennedy

항상 하던 대로만 하면 문제가 해결된다고 생각해 보라. 그러면 아무런 문제도 생기지 않을 것이다. 그런데 이는 불가능하다. 복잡하고 다양한 현실에서 문제를 해결하려면 황당하다고 여겨질 정도의 기발한 발상을 해야 한다. 그런 발상들이 쓸모가 없더라도 그 안에서 단 한 가지 해결 방법이라도 찾아라.

'우물 속 개구리가 되지 않으려면 어떻게 해야 할까? 내 자신을 검열하지 말고, 눈에 보이는 것 그 너머를 바라보도록 노력해야지.'

다시 일어서라

Suffering isn't ennobling, recovery is.

사람을 고귀하게 만드는 것은 고난이 아니라 다시 일어서는 것이다.

크리스티안 바너드 Christiaan Barnard

흔히 "고난은 우리를 강하게 하고, 역경을 통해 우리는 성장한다"고 말한다. 그 말이 사실일 수도 있지만, 생각만큼 그렇게 간단한 것은 아니다. 우리를 단련시키는 것은 고난이나 역경 그 자체가 아니라 그 시기를 헤쳐 나가기 위해 취하는 행동이다. 고통과 역경은 우리가 알지 못했던 내면의 강인함을 끌어 올린다. 내면의 강인함은 고난과 역경이 또 다시 찾아와도 우리를 꿋꿋하게 지켜준다.

'누구나 그렇듯이 나도 고난이 싫기는 해. 하지만 난 그것을 이겨내고 다시 일어설 만큼 충분히 강해.'

지식보다 중요한 것

Knowledge can be communicated but not wisdom.

지식은 대화로 주고받을 수 있지만 지혜는 그렇지 않다.

헤르만 헤세 Hermann Hesse

아는 게 많다고 지혜로운 것은 아니다. 지식은 사실과 정보가 축적된 것이지만, 지혜는 경험과 시야로 부드럽게 다듬어진 것이다. 지식은 다른 사람으로부터 얻을 수 있다. 그러나 지혜를 쌓으려면 홀로 떠나야 한다.

'가능한 많이 배우고 싶어. 많이 배울수록 더 똑똑해질 거야. 하지만 아무리 많이 배워도 지혜로워지는 건 아니야. 매일매일 성공과 실패를 경험하면서 살아갈 때 지혜로워지겠지.'

모든 건 내가 하기 나름

Faced with crisis, the man of character falls back on himself. He imposes his own stamp of action, takes responsibility for it, makes it his own.

위기에 처했을 때 인품 있는 사람은 스스로 이를 극복한다. 그는 스스로 행동을 결정하고, 그 책임을 지며, 그것을 자신의 것으로 만든다.

샤를 드 골 Charles de Gaulle

내가 한 행동이나 하지 않은 행동에 대한 책임은 내 몫이다. 운이 좋으면 누군가로부터 큰 도움을 받을 수도 있지만, 어느 때든 스스로 결정하고 그에 대한 책임을 져야 한다. 옳은 것이든 틀린 것이든 그것은 내 몫이다.

'많은 사람들이 내게 조언해 주고 후원도 해 주지만 내 인생의 중요한 결정을 내리는 것은 내가 할 일이야.'

도움

When a friend is in trouble, don't annoy him by asking if there is anything you can do. Think up something appropriate and do it.

친구가 곤란한 지경에 빠졌을 때 무엇을 도와줄지 물어보지 마라. 스스로 적당한 일을 찾아 도와주어라.

E. W. 하우 E. W. Howe

"내가 도와줄 게 있으면 뭐든지 말해"는 쓸데없는 말이다. 병에 걸리거나, 슬프거나, 곤경에 처한 사람들은 무엇을 도와달라고 말하기 힘들다. 그에게 꼭 필요한 것이 무엇일까 고민한 뒤에 조용히 도와주어라. 힘든 때는 집안 청소를 하거나, 아이를 돌봐 주는 등 평범하고 간단한 일도 제대로 하기 힘들다. 그를 도와주어야 할 일이라고 생각한다면 행동으로 옮겨야 한다.

'어려운 상황에 처한 사람이 정신이 없어 미처 하지 못했던 일, 그 일이 눈에 잘 띄지 않더라도 그가 놓치고 있는 그 일을 도와주자.'

다른 사람의 사기 꺾기

It's easy—terribly easy—to shake a man's faith in himself. To take advantage of that, to break a man's spirit, is devil's work.

그의 신념을 흔들어놓는 것은 쉬워도 너무 쉽다. 그렇게 함으로써 이득을 보려 하는 것, 누군가의 사기를 꺾어 놓는 것은 악마나 하는 짓이다.

조지 버나드 쇼 George Bernard Shaw

혀는 무서운 흉기가 될 수 있다. 혀는 총보다 더 큰 고통을 초래할 수 있다. 몇 마디 험한 말이 다른 사람을 슬픔에 빠지거나 분노에 떨게 한다. 꾸중이나 비난을 할수록 그 말을 듣는 사람은 자신을 초라하고 무능력하게 생각한다. 다른 사람을 초라하게 해서 내가 얻는 이득은 아무것도 없다. 험한 말을 내뱉을 때 잠시 맛보는 만족감은 금세 사라지고, 그 말이 남긴 상처와 고통은 오래 맴돌다가 언젠가는 내게 되돌아온다.

'아무리 화가 나도 다른 사람에게 상처를 주는 말은 하지 말자.'

마음에 품은 사랑

If you find it in your heart to care for somebody else, you will have succeeded.

누군가를 아끼는 마음을 품고 있다면 성공을 이룰 것이다.

마야 안젤루 Maya Angelou

사랑에 빠지는 것은 쉬운 일이지만 사랑하기만 하는 것은 어려운 일이다. 사랑에 빠질 때는 그 사랑이 내게도 돌아와 주기를 갈망한다. 그러나 사랑하는 마음을 가지고 있으면 아무런 부담 없이 상대를 위하고 아껴 줄 수 있다. 이런 식으로 사랑할 때 자신의 진정한 모습을 드러내게 된다. 성취하고 싶은 것들이 많겠지만, 그 무엇보다 사랑하는 것, 그리고 제대로 사랑하는 것이 우선 되어야 한다.

'사랑에 빠지는 것도 기분 좋겠지만, 그 전에 사랑을 베푸는 사람이 되자.'

시각을 바꿔 보자

A weed is no more than a flower in disguise.

잡초는 변장한 꽃일 뿐이다.

제임스 로웰 James Lowell

잡초와 꽃의 다른 점은 단 한 가지, 보는 사람의 눈이다. 사람들이 잡초로 취급하는 민들레는 화단에 곱게 핀 데이지나 백일홍보다 결코 열등하지 않다. 민들레는 화사한 노란 꽃잎을 자랑하다 어느새 하얀 솜털 공이 되어 부드러운 바람과 함께 사라진다. 그러나 백일홍은 그렇게 하지 못한다.

우리의 인생에도 잡초가 있다. 내게 맡겨진 힘든 일, 대하기 껄끄러운 사람, 어려운 시기 등. 이러한 것들을 인생의 잡초가 아닌 꽃으로 보고, 그것을 즐기는 것은 어떨까?

'온통 민들레로 뒤덮인 들판을 보는 건 즐거운 일이야. 그래, 그처럼 사는 것도 나쁘지는 않을 거야. 화려하지는 않지만 묵묵히 제 몫을 해내는 민들레처럼.'

October

Learning is a treasure that will follow its owner everywhere.

배움은 그 주인을 어디에나 따라다니는 보물이다.

용기와 경청

**Courage is what it takes to stand up and speak;
courage is also what it takes to sit down and listen.**

일어나 말하는 데에는 용기가 필요하다.
앉아서 듣는 데에도 용기가 필요하다.

화자 미상

우리는 신념에 따라 자신의 생각을 밝히고 싶어 한다. 그러나 모든 사람들이 내 의견에 관심을 갖거나 동의하는 것은 아닌 탓에 의견 충돌이 일어나기도 한다.

자신의 소신을 당당하게 밝히면서도 다른 사람의 의견을 귀 기울여 경청하고, 그들이 무엇을 중요하다고 생각하는지 이해하려고 노력해야 한다. 다음 차례에 내가 하고 싶은 말을 정리하는 데 몰두한 나머지 다른 사람이 발언하는 내용을 듣지 못하는 우를 범하지 말아야 한다.

'남들 앞에서 내 주장을 펼치는 것을 주저하지 않으면서도 다른 사람 역시 나름대로 의견을 갖고 있다는 걸 이해해야 해. 다른 사람들의 의견에 동의하지는 않지만 그들의 생각을 존중해 주어야 해.'

책임은 모두 내 몫이야

God gives the nuts, but he does not crack them.

신은 나무 열매를 주지만, 그것을 쪼개 주지는 않는다.

독일 속담

기회가 온다면 정말 성공할 수 있으리라 생각한다. 성공한 사람들을 부러워하며, 그들이 성공한 것은 행운이 있었기 때문이라고 생각한다.

그러나 내게는 그들보다 많은 기회가 이미 주어졌는지 모른다. 기회가 왔을 때 이를 알아차리고 활용하는 것은 자신의 몫이다. 기회가 왔을 때 이를 활용해 열심히 노력한 사람만이 기회를 성공으로 바꿀 수 있다.

'어떤 상황이거나 어떤 조건에서든 내가 한 일은 내가 책임질 거야.'

승리를 향한 노력

Winning is not everything, but the effort to win is.

승리가 중요한 것이 아니라 승리를 위한 노력이 중요하다.

지그 지글러 Zig Ziglar

마라톤 대회에 참가하려면 수개월 간에 걸친 연습이 필요하다. 참가자들은 우승의 영광을 누리지 못하더라도, 최소한 자기 나이 대에서 제일 잘하고 싶거나, 개인 최고 기록이라도 세우기를 기대한다. 그리고 출발 총소리가 울리면 모든 선수들은 자신이 정한 목표, 즉 자신이 생각하는 승리자가되기 위해 질주한다.

그런데 목표에 도달하지 못했다면 패배자가 되는 걸까? 아니다. 열심히 연습하는 과정에서 몸을 단련했고 새로운 친구를 사귀었을 수도 있다. 결승점을 가장 먼저 통과했다는 것은 일시적인 보상일 뿐, 이런 것들이 더 중요하고 더 오래가는 보상일지 모른다.

'스스로 목표를 정하고 달성하기 위해 노력해야 해. 목표를 달성할 때도 있겠지만, 실패했을지라도 그간의 노력을 결코 외면하지 않을 거야.'

야망과 행복

When ambition ends, happiness begins.

야망이 끝나는 곳에서 행복이 시작된다.

헝가리 속담

남보다 앞서고 싶은 욕망은 당연한 것처럼 보인다. 누구나 유명하거나, 부자가 되거나, 권력을 갖거나, 인기가 높기를 바란다. 남을 부러워하는 사람보다는 남들이 부러워하는 사람이 되고 싶어 한다.

그러나 야망에 사로잡히면 서두르게 되고, 현재 누릴 수 있는 많은 것을 잊어버리기 쉽다. 부자가 아니더라도 지금 별 어려움 없이 살고 있지 않은가. 인기 있는 사람은 아니더라도 늘 나를 기쁘게 해 주고 응원해 주는 친구들이 있지 않은가.

'목표를 달성하기 위해 전력을 다할 거야. 그러나 그 때문에 지금 내가 누리고 있는 것들을 놓치지 않을 거야.'

베풀어라

No person was ever honored for what he received.
Honor has been the reward for what he gave.

자신이 받은 것으로 영예를 누린 사람은 없다.
영예는 남에게 준 것에 대한 보상이다.

캘빈 쿨리지 Calvin Coolidge

자기만 챙기기에도 벅찬 것은 누구나 마찬가지다. 그럼에도 불구하고 틈을 내어 남을 위해 봉사하는 사람들을 보면 존경스럽다. 기꺼이 남을 돕고 좀 더 나은 세상을 만들기 위해 헌신하는 그들을 보면 누구나 마음만 먹으면 어떤 난관도 뛰어넘을 수 있음을 깨닫게 된다.

'남에게 베풀 수 있는 기회가 생기면 그 기회를 잘 활용하자. 남을 위한 일에 어떤 대가도 바라지 말고 기쁜 마음으로 베풀자.'

나를 있는 그대로 표현하자

Never express yourself more clearly than you are able to think.

생각할 수 있는 것 이상으로 자신을 표현하려고 하지 마라.

닐스 보어 Niels Bohr

우리는 대화의 기술을 배우고 익혀 왔다. 그래서 잘 알지 못하는 이야기라도 상대에게 말할 수 있다. 그런데 우리는 쉼 없이 말할 줄 알아야 대화에 능숙한 사람이라고 착각한다. 말을 하기 전에 그 이야기를 제대로 알고 있는지, 아니면 똑똑하게 보이려고 그러는지 자신을 점검해 보라. 대화 기술은 서툴러 보이지만 그 이야기를 누구보다 잘 아는 사람이 곁에 있을지도 모른다.

'난 세련된 대화 기술을 갖고 있다고 자부하지만 항상 그래야 하는 건 아니야. 오히려 진솔한 한마디가 더 가치 있을 수 있잖아.'

숨겨진 이미지

A rock pile ceases to be a rock pile the moment a single man contemplates it, bearing within him the image of a cathedral.

단 한 사람이 돌무더기를 보면서 대성당을 떠올린다면 그것은 더 이상 돌무더기가 아니다.

앙투안 드 생텍쥐페리 Antoine de Saint-Exupéry

내 눈에는 엉망으로 보이는 화단이 다른 사람들에게는 너무나 자연스럽고 훌륭한 화단으로 보일 수 있다. 다른 사람들에게는 따분하게 보이는 남자라도 그를 사랑하는 여인에게는 지혜롭고 다정한 사람으로 보일 것이다. 모든 것은 보는 시각에 달려 있다. 엉망이라고 생각했던 화단도 누군가가 아름답다고 지적해 주면 그 화단은 결코 예전과 똑같아 보이지 않는다. 따분하다고 생각했던 사람 역시 달리 보면 지혜롭고 자상한 사람임을 알게 될 것이다.

'눈에 보이는 것만이 전부가 아니야. 다른 사람들의 생각을 이해하고 그들의 눈으로도 세상을 보는 힘을 키워야겠다.'

성장

Happiness is neither virtue nor pleasure nor this thing nor that but simply growth.
We are happy when we are growing.

행복은 미덕도 기쁨도, 이것도 저것도 아니라 오로지 성장이다.
우리는 성장할 때 행복하다.

윌리엄 버틀러 예이츠 William Butler Yeats

몸집이 자라는 것 이상으로 '성장'할 수 있는 것은 오직 인간뿐이다. 여기서 말하는 성장이란 신체적인 성장 외에도 좋고 나쁜 경험을 통해 뭔가를 배우며, 늘 새로운 것을 받아들일 자세가 되어 있음을 의미한다.

우리는 성장의 아픔을 수없이 경험한다. 성장은 쉽게 얻어지는 것이 아니다. 하지만 성장하지 못하면 그 어느 누구도 진정한 행복을 누릴 수 없다.

'어떤 방식으로든 매일매일 성장하고 싶어.'

올바른 길

Even if you are on the right track, you will get run over if you just sit there.

비록 올바른 길을 찾았더라도 가만히 앉아 있기만 하면 차에 치인다.

윌 로저스 Will Rogers

치밀한 계획을 세우고 만반의 준비를 갖추기만 하면 충분하다고 착각하지 마라. 준비만 해 놓으면 어떤 일이든 잘 되리라고 기대하지도 마라.

목적지를 정하고 만반의 준비를 갖춘 것만으로는 충분하지 않다. 조만간 출발해야 할 때가 온다. 출발에는 물론 위험이 따른다. 뭔가 잘못 될 가능성도 있다. 그러나 대안은 없다.

'목표를 향해 가려면 지금 무엇을 어떻게 해야 할까?'

일과 놀이

When you're following your energy and doing what you want all the time, the distinction between work and play dissolves.

자신의 마음이 움직이는 대로 행동하고 원하는 일을 한다면 일과 놀이의 구분이 사라진다.

샥티 거웨인 Shakti Gawain

늘 만족스럽고 의미 있는 일을 한다는 것은 큰 행운이다. 이런 행운을 쥔 사람들은 아침에 일어나면 빨리 일하고 싶어 하고, 일하는 동안에는 시간 가는 줄도 모른다.

'지금 하는 일이 지루하고 보잘것없이 느껴질 때는 그 일을 의미 있는 일로 바꾸는 방법을 찾아보자. 문제는 내 마음가짐에 달려 있어.'

단 하루면 충분해

A single day is enough to make us a little larger or, another time, a little smaller.

우리는 단 하루 만에 대인이 되었다가 소인이 되었다가 할 수 있다.

폴 클리 Paul Klee

단 하루 동안 어떤 중요한 일을 할 수 있을까? 누군가에게 친절을 베풀 수도 있고, 아니면 심술궂은 말로 그들의 마음에 상처를 줄 수도 있다. 불의를 보았을 때 당당하게 대항할 수도 있고, 아니면 못 본 척하며 자신의 안전만 챙길 수도 있다. 매일 우리가 하는 선택과 행동은 우리가 어떤 사람인지 규정하고 증명해 준다.

'어떤 일을 해야 좋은 영향을 미칠 수 있을지 고민하자.'

인생의 기회를 놓치지 말자

Life loves to be taken by the lapel and told: "I'm with you kid. Let's go."

인생은 우리가 제 옷깃을 부여잡고 "나랑 너랑 같이 해보는 거야. 자, 가자." 하고 말해
주는 것을 좋아한다.

마야 안젤루 Maya Angelou

/

우리는 계획, 준비, 비전, 조심성, 그리고 예견에 높은 가치를 부여한다. 물
론 이런 것들이 중요하기는 하지만, 때로는 해보지 않으면 기회를 놓칠 수
도 있다.

'무엇을 하든지 한번 해보는 것도 괜찮아.'

열정적으로 말하라

Be still when you have nothing to say; when genuine passion moves you, say what you've got to say, and say it hot.

할 말이 없으면 그냥 잠자코 있어라. 그러나 열정에 마음이 움직이면 그때는 해야 할 말을 하라. 열정적으로 말하라.

D. H. 로렌스 D. H Lawrence

열정적으로 말하는 사람을 보면 누구나 그의 열정을 느낄 수 있다. 열정적인 웅변이 사람들의 관심을 끈다는 사실을 특히 정치인들이 잘 알고 있다. 아무 의미 없는 잡담보다는 기회가 왔을 때 자신의 의견을 분명하게 말할수록 열정은 더욱 돋보인다.

'할 말이 있을 때는 열정적으로 말할 거야.'

진실과 웃음

The absolute truth is the thing that makes people laugh.

꾸밈없는 진실은 사람들을 웃게 만든다.

카를 라이너 Carl Reiner

사람들을 웃기는 말장난 놀이는 어느 곳에서나 쉽게 찾아볼 수 있다. 그러나 사람들을 정말 웃게 만드는 것은 자신이 실제로 겪은 이야기다. 살면서 겪었던 부끄러운 순간이나 실수를 재미있게 이야기로 풀어놓다 보면 그것이 갑자기 사소해 보이고 다른 사람들까지 즐겁게 해 줄 수 있다.

'말재주는 서툴지만, 내가 겪은 진솔한 이야기보다 흥미진진하고 내가 가장 잘할 수 있는 이야기는 없어.'

아름다움을 그대로

The real sin against life is to abuse and destroy beauty, even one's own —even more, one's own, for that has been put in our care and we are responsible for its well-being.

자기 것이라도, 아니 자기 것이라면 더더욱 아름다움을 학대하고 파괴하는 행위는 생명에 대한 중대한 죄악이다. 그것을 잘 돌보고 건강하게 가꾸어야 할 책임이 우리에게 주어졌기 때문이다.

캐서린 앤 포터 Katherine Anne Porter

지구의 생명체나 우리의 몸을 비롯해 세상에는 우리가 돌보아야 할 것들이 너무나 많다. 때로는 흉한 발가락이나 체중, 한 줌씩 빠지는 머리카락, 새치 등 내 몸 중에도 싫은 것, 미운 것도 있을 것이다. 그러나 내 몸은 내가 얼마나 아름답게 빚어진 존재인지 잘 보여준다. 한 줄기 바람이나 꽃 향기 등은 이 우주, 이 지구상에 내가 존재하고 있는 것이 얼마나 큰 행운인지 깨닫게 해 준다.

'지구는 아름답고 나 또한 아름다워. 지구를 보호하기 위해 나는 무엇을 어떻게 해야 할까? 나를 사랑하기 위해 지금 무엇을 어떻게 해야 할까?'

명상

With an eye made quiet by the power of harmony, and the deep power of joy, we see into the life of things.

우리는 조화의 힘과 기쁨의 깊은 힘에 할 말을 잃은 채 만물의 삶을 들여다본다.

윌리엄 워즈워스 William Wordsworth

우리는 우리가 사는 이 세상과 우주에 대한 의문을 풀어 줄 답과 지식을 끊임없이 찾는다. 도서관을 찾기도 하고, 두터운 교과서를 넘기기도 하고, 오랫동안 인터넷을 검색하거나, 전문가의 의견을 듣기도 한다.

이처럼 지식을 추구하는 중에 잠시 조용히 명상하는 것도 좋다. 이런 시간을 통해 떠오르는 답이 비록 과학적인 것은 아니더라도, 인생의 의미를 더 깊이 이해하려는 갈망을 해소해 준다.

'가끔은 내 삶을 되돌아봐야 해. 어떠한 목적이나 의무도 없이 차분하게 명상에 잠겨 보는 거야.'

질문과 대답

You can tell whether a man is clever by his answers.
You can tell whether a man is wise by his questions.

누군가 대답하는 것을 보면 그 사람이 똑똑한지 여부를 알 수 있다.
누군가 질문하는 것을 보면 그 사람이 지혜로운 사람인지 여부를 알 수 있다.

나기브 마푸즈 Naguib Mahfouz

똑똑한 사람과 마주하면 그의 지식의 폭과 깊이에 탄복하고, 높은 교육 수준을 부러워하고, 그가 잘난 체하기는 해도 그의 똑똑함을 인정해 준다. 그러나 끊임없이 질문하고 그 해답을 찾는 사람, 새로운 아이디어에 늘 열린 자세를 가진 사람들은 더 뚜렷한 인상을 남긴다. 이런 사람들은 분명한 의견을 갖고 있으면서도 다른 사람의 말에 귀 기울일 줄 안다. 그런 사람일수록 함께 이야기 나누고 싶어진다.

'내가 모든 걸 다 알 수는 없고 그럴 수도 없을 거야. 남들에게 내가 아는 것을 좀 더 보여주고 싶다면 좋은 질문을 하는 게 현명한 일이겠지.'

팀워크

The way a team plays as a whole determines its success. You may have the greatest bunch of individual stars in the world, but if they don't play together, the club won't be worth a dime.

팀이 하나로 뭉쳐 플레이하는 것이 승리를 결정한다. 세상에서 가장 뛰어난 스타플레이어들을 모두 확보하고 있더라도 그들이 팀워크를 이루어 함께 플레이하지 못하면 그 팀은 한 푼의 가치도 없다.

베이브 루스 Babe Ruth

큰 업적들 중 단 한 사람의 노력으로 이루어지는 것은 거의 없다. 대부분은 여러 사람의 노력으로 이루어진다. 개인의 성공이라도 그 개인의 능력뿐만 아니라 동료, 친구, 가족의 뒷받침이 있어야 가능하다.

각자 자신이 가진 능력을 다른 사람들을 위해 유용하게 사용하는 법을 배우는 것은 평생 동안 해야 할 도전이다. 다행히 이 도전은 늘 기쁨을 준다. 개인적으로 성공하는 것도 뿌듯하겠지만, 성공적인 팀의 일원이 되는 것은 혼자 하는 것과 비교할 수 없는 특별한 기쁨을 준다.

'나와 함께하는 사람들의 노력과 재능에 내가 얼마나 많이 의존하고 있는지 잘 알고 있어.'

뭔가를 한다는 것

I feel that the greatest reward for doing is the opportunity to do more.

뭔가를 한 것에 대한 최고의 보상은 더 많은 일을 할 수 있는 기회라고 나는 생각한다.

요나스 솔크 Jonas Salk

다른 사람들보다 더 빨리 더 효과적으로 어떤 일을 해낼 능력이 있으면 그 일을 맡을 가능성도 높다. 그 때문에 할 일이 많아지는 것을 불만스러워 하거나 바쁘게 생활하게 될지도 모른다. 하지만 바쁘게 산다는 것에 고마워해야 한다. 할 일이 없다면 시간은 너무나 고통스러울 정도로 느리게 간다. 내가 하는 일과 하는 행동은 나를 알려준다. 내가 가치 있고 소중한 사람임을 느끼려면 많은 일을 하라.

'때로는 일이 많아 짜증을 부리기는 했지만, 앞으로는 할 일이 많은 것에 감사하자. 일이 없는 것보다 많은 게 더 나으니까.'

가을

Autumn is a second spring when every leaf is a flower.

가을은 모든 잎이 꽃이 되는 두 번째 봄이다.

알베르 카뮈 Albert Camus

봄과 가을의 환절기는 인생의 전환기와 같다. 이 시기에 우리는 옷장을 정리하고 덧창문을 새로 친다. 그리고 열매를 수확한다. 새 학기가 시작되는 가을은 새롭게 시작하기에 좋은 때다. 가을이 되면 사람들은 책을 펴고 사랑을 한다.

'겨울이 오기 전에 다시 학창 시절로 돌아간 것처럼 생활해 볼까?'

동정심과 무관심

The individual is capable of both great compassion and great indifference. He has it within his means to nourish the former and outgrow the latter.

한 개인은 동정심과 무관심을 둘 다 크게 키울 능력을 갖고 있다. 무관심보다 동정심이 더 크게 자라는 데 필요한 수단은 그 개인이 내면에 다 지니고 있다.

노먼 커즌스 Norman Cousins

남을 동정하는 마음은 천성으로 타고나는 것이 아니다. 아이들은 대부분 이기적이지만, 자라면서 다른 사람들을 통해 연민을 배우게 된다. 다른 아이가 왜 우는지 궁금해 하다가 자기가 넘어져 다치면 비로소 그 이유를 알게 된다. 동정심과 연민에 대한 공부는 어린 시절에 멈추는 것이 아니다. 우리는 아이 때로 돌아가 남을 아끼고 함께 아파하고 함께 즐거워하는 법을 다시 배워야 한다.

'언젠가는 나도 곤경에 처할 수 있어. 다른 사람이 힘들어할 때 그에게 관심을 기울이고 도와주는 건 언제 올지 모를 내 곤경을 위한 것이기도 해.'

행복한 마음

Now and then it's good to pause in our pursuit of happiness and just be happy.

때로는 행복을 추구하는 것을 잠시 멈추고 그냥 행복을 느껴 보는 것도 좋다.

기욤 아폴리네르 Guillaume Apollinaire

우리는 좋은 시간을 보내기 위해 많은 돈과 노력을 쓴다. 스포츠 용품을 구입하거나, 외식을 하거나, 오페라 티켓을 사기도 한다. 이런 것들이 행복을 줄 수는 있지만 이것만이 행복의 조건은 아니다.

오페라 티켓을 가지고 있어도 시간 맞추어 공연장에 가는 것이 스트레스를 줄 수 있다. 청구서가 날아오면 그때 왜 그런 데 돈을 썼는지 한숨이 나올 수 있다. 돈을 쓰거나 바쁘게 움직이지 않고도, 심지어 집에서 멀리 벗어나지 않고도 원하기만 하면 얼마든지 행복해질 수 있다.

'사랑하는 사람과 함께하고 함께 즐거워하는 것이 진정한 행복이 아닐까?'

내면에서 나오는 빛

People are like stained glass windows. They sparkle and shine when the sun is out, but when the darkness sets in, their true beauty is revealed only if there is a light from within.

사람들은 스테인드글라스와 같다. 햇빛이 밝을 때는 반짝이며 빛나지만, 어둠이 찾아왔을 때는 내면의 빛이 있어야 그 진정한 아름다움이 드러난다.

엘리자베스 퀴블러로스 Elisabeth Kübler-Ross

모든 일이 잘 풀릴 때는 얼마든지 유쾌한 사람이 될 수 있다. 그러나 일이 잘 풀리지 않을 때는 유쾌해지기가 힘들다. 삶에 어둠이 드리워졌을 때조차 유쾌함을 잃지 않는 사람은 어떠한 어려움에 처하더라도 친절하고, 공손하고, 따스하다.

'힘든 시기에도 좋은 사람이 되도록 노력하자.'

긍정적인 말을 하라

You have it easily in your power to increase the sum total of this world's happiness now. How? By giving a few words of sincere appreciation to someone who is lonely or discouraged. Perhaps you will forget tomorrow the kind words you say today, but the recipient may cherish them over a lifetime.

우리는 이 세상의 행복의 총량을 쉽게 증가시킬 수 있다. 어떻게? 외롭고 지친 그 누군가에게 진심어린 호의의 말을 몇 마디 건네는 것이다. 나는 내가 한 친절한 말을 오늘 당장 잊어버릴지 모르지만, 그 말을 들은 사람은 그것을 평생 소중하게 간직할 것이다.

데일 카네기 Dale Carnegie

내가 했던 말이 몇 년이 지난 후에 내게 돌아온 적이 있을 것이다. 무심코 내뱉은 말이 누군가에게 오랫동안 상처로 남아 있었다는 것을 알게 되면 수치스러움과 후회가 앞선다.
반면에 몇 마디 호의적인 말이 그에게 따스한 위안이 되었음을 알게 되면 더없이 기쁘다. 말을 한 당시에는 그 말이 상대방에게 그처럼 큰 변화를 주게 될 줄은 짐작하지 못한다.

'누군가 내게 긍정적인 말을 해 주면 기분이 좋아. 나 역시 다른 사람들에게 격려와 응원을 아끼지 않을 거야.'

올바른 행동

**The truth of the matter is that you always know the right thing to do.
The hard part is doing it.**

분명한 사실은 우리가 항상 올바른 행동이 뭔지 알고 있다는 것이다.
어려운 것은 그 행동을 실제로 하는 것이다.

노먼 슈워츠코프 Norman Schwarzkopf

무엇을 해야 하는지 알고 있음에도 망설일 때가 있다. 문제를 해결하려면
원하지 않는 희생을 치러야 할 수도 있다. 그럼에도 우리는 이미 알고 있는
올바른 해결책을 행동으로 옮겨야 한다.

'뭘 해야 하는지 알고 있다면 안 할 핑계를 대지 말고 그걸 하자. 그때 느끼는 만족감은 그러
한 노력으로 인해 감수해야 되는 그 어떤 고통보다도 더 값질 테니까.'

미완성

We're all of us guinea pigs in the laboratory of God.
Humanity is just a work in progress.

우리는 모두 신의 실험실에 있는 실험 대상이다.
인간은 작업 중에 있는 미완성 작품일 뿐이다.

테너시 윌리엄스 Tennessee Williams

전쟁, 질병, 기아, 환경 파괴, 빈곤……. 생각하면 이 세상은 혼란과 불안, 걱정뿐이다. 하지만 이 세상은 나아질 수 있고 우리는 과거보다 나은 세상을 만들 수 있다. 우리 자신은 물론 인류가 발전 중인 하나의 작품이라고 생각한다면 다른 사람을 용서하기가 쉬워지고 앞으로 일어날 일에 더 많은 희망을 품을 수 있다.

'나 개인이나 이 세상은 충분히 더 나아질 테고, 그렇게 생각하기만 해도 기운이 솟는걸.'

지금 이 순간을 충실히 살자

The secret of health for both mind and body is not to mourn for the past, not to worry about the future, or not to anticipate troubles, but to live in the present moment wisely and earnestly.

영육의 건강을 지키는 비결은 과거에 비통해 하지 않고, 미래를 걱정하거나 예상되는 문제에 염려하지 않고, 지금 현재를 지혜롭고 정직하게 사는 것이다.

부처

때때로 우리는 지금에서 벗어나 과거로 돌아가거나 미래로 간다. 향수를 불러일으키는 옛일에 대한 기억, 장밋빛으로 보이는 미래에 대한 기대 때문일 수 있다. 아니면 예전에 저지른 실수의 기억이나 막연한 문제에 대한 공포심으로 자신에게 벌을 주는 것인지도 모른다. 그러나 과거나 미래에만 빠져 있으면 지금 이 현실을 잃어버린다. 지금 이 순간이야말로 우리가 가진 것이고, 이 순간을 가진 것은 가장 큰 행운이다.

'난 있는 그대로 지금 이 순간을 즐길 테고, 있는 그대로 지금 이 순간을 누구보다 값지게 살 거야.'

내면의 목소리

The more faithfully you listen to the voices within you, the better you will hear what is sounding outside.

자기 내면의 목소리를 충실히 들을수록 외부의 소리를 더 잘 들을 수 있다.

다그 함마슐드 Dag Hammarskjold

우리는 텔레비전이나 라디오로 사람들이 저마다 소리 높여 말하는 것을 보고 듣는다. 신문이나 잡지에는 그 분야의 전문가들이 저마다 자기만의 의견을 내세운다. 우리 주변에는 조언을 해 주고 싶어 하는 사람들이 너무나 많다. 그 때문에 혼란스럽기만 하다. 그들의 목소리로 우리의 의견이 보다 견실해질 수 있지만, 결국 우리가 항상 귀 기울여 들어야 할 것은 우리 자신의 목소리다.

'다른 사람들의 의견을 존중하지만, 내가 정말 지켜야 할 것은 내 안의 목소리야.'

틀릴 권리도 있어

A child becomes an adult when he realizes that he has a right not only to be right but also to be wrong.

옳을 권리뿐만 아니라 틀릴 권리도 갖고 있음을 깨달을 때 아이는 어른이 된다.

토머스 사즈 Thomas Szasz

우리는 잘못을 하기도 한다. 잘못을 하면 이에 대한 응보가 따른다. 자신이 바보처럼 보였거나 무능력한 사람으로 생각하기도 했을 것이다. 한 말이나 행동은 어떤 방법으로든 벌충해야 한다. 그러나 뭔가를 하면서 틀리는 것은 인간이기에 피할 수 없는 숙명이다.

'틀리고 싶지는 않지만 틀려도 괜찮다고 생각하자. 늘 옳을 수는 없잖아. 내가 늘 옳기만 하다면 그게 오히려 이상한 게 아닐까?'

배움

Learning is a treasure that will follow its owner everywhere.

배움은 그 주인을 어디에나 따라다니는 보물이다.

중국 속담

✉️

어떤 사람은 계속해서 학교에서 공부하고, 어떤 사람은 수없이 많은 책을 가지고 있다. 또 어떤 사람은 전문가의 조언과 충고를 구한다. 우리는 이처럼 자신이 가진 질문의 답을 찾고자 노력한다. 질문하고 그 대답을 찾는 노력을 그만둘 때 우리는 결국 최후를 맞는다.

'배움이란 정규 교육으로 끝나는 게 아니라 끊임없이 해야 하는 거야.'

감각

Nothing we see or hear or touch can be expressed in words that equal what we are given by the senses.

우리가 보고 듣고 만지는 그 어느 것도 감각을 통해 받은 느낌과 똑같이 말로 표현할 수는 없다.

한나 아렌트 Hannah Arendt

말은 중요한 수단이지만 우리가 세상에서 날마다 겪는 일들을 다 전달해 주지는 못한다. 창 밖에서 지저귀는 새소리, 창문으로 들어와 목 뒤에 머무르는 햇볕의 따스함, 커피 한잔의 달콤 쌉싸름한 맛까지. 우리는 이러한 느낌을 생생하게 전달할 수 없다. 이것은 직접 느껴야 알 수 있는 것들이다.

'오늘은 시간을 내서 세상을 보고, 듣고, 만지고, 맛보고, 느껴 보자.'

남들이
망설이는 것일수록
나를
시험에 들게 하소서

Do a little more each day than you think you possibly can.

자신이 생각하는 최대한보다 조금만 더 많이 실천하라.

직관의 황무지

You have to leave the city of your comfort and go into the wilderness of intuition.
What you'll discover will be wonderful. What you'll discover is yourself.

도시의 안락을 떠나 직관의 황무지로 가라. 그곳에서 놀라운 것을 발견하리라. 그것
은 바로 당신의 자아다.

알란 알다 Alan Alda

우리는 늘 편안한 것을 찾는다. 모든 것이 완벽하지 못한 탓에 불만스러운
점도 있지만, 자신의 현재 모습과 자신의 인생에 대체적으로 수긍하고 만
족하며 사는 편이다.

그런데 익숙한 곳에서 벗어나면 어떻게 될까? 다른 나라에서 일 년을 지내
고 나면 자신과 세상이 그전과는 다르게 보인다. 큰 변화를 겪게 되면 그동
안 상상하지 못했던 세상이 펼쳐진다.

'익숙한 곳에서 벗어나면 어떤 일이 벌어질까? 변화에 맞서 싸우기보다는 그것을 받아들일
거야.'

인간의 상상력

Nature uses human imagination to lift her work of creation to even higher levels.

자연은 인간의 상상력을 이용해 자신의 창조물을 한층 더 높은 차원으로 끌어올린다.

루이지 피란델로 Luigi Pirandello

🌲

우리는 멋진 세상에 살고 있다. 이 세상은 인간의 상상력이 빚어 낸 창조물로 더욱 멋지게 변한다. 아름다운 경치는 그림을 통해 더욱 아름다워지고 오랫동안 보존된다. 그러한 풍경과 멀리 떨어져 있더라도 우리는 그림을 보는 것만으로 그 풍경의 아름다움, 화가들이 포착한 특별한 순간의 아름다움을 느낄 수 있다.

'자연과 그것을 보고 새롭게 창조한 작품들을 마음껏 즐기고 사랑하자.'

별들을 바라보라

I try to forget what happiness was, and when they don't work, I study the stars.

나는 행복했던 기억을 잊으려 애쓰다 안 될 때는 별들을 바라본다.

데릭 월컷 Derek Walcott

사는 일이 힘들고 앞날이 암담할 때는 밖으로 나가 밤하늘의 별들을 보라. 별들을 바라보다 보면 자신이 이 거대한 자연 속에서 얼마나 작고 하찮은 존재인지 깨닫고 겸허해진다. 별들은 이 우주가 얼마나 광활한 아름다움 과 경이로움으로 가득 차 있는지 알려준다.

'별들을 바라보면 내가 장엄한 어떤 것의 일부가 되는 것 같아. 그것이 무엇인지 잘 알지는 못 하지만 가슴이 벅차오르는걸.'

자발적인 변화

It is not by spectacular achievements that man can be transformed, but by will.

인간이 변하는 것은 빼어난 업적이 아니라 의지에 의해서다.

헨리크 입센 Henrik Ibsen

나 자신, 나아가 이 세상을 바꾸려면 어떻게 해야 할까? 사람들은 구세주가 나타나거나, 마술 같은 일이 벌어지거나, 놀라운 일이 벌어져 평화와 화합이 이루어지고, 빈곤이 퇴치되고, 모든 아이들이 안전하게 자랄 수 있는 기회를 누릴 수 있기를 고대한다. 구세주나 마술 같은 일이 일어나기를 바라면서도 의지를 다져 변화를 이끌어 낼 수 있는 일을 행동으로 옮겨야 한다.

'세상을 더 나은 곳으로 만들기 위해 내가 무엇을 해야 할지 잘 모르겠지만, 그래도 내가 할 수 있는 일을 찾아볼 거야. 모두가 저마다 작은 일을 한 가지씩 실천한다면 세상도 바꿀 수 있을 거야.'

태도와 성공

It is our attitude at the beginning of a difficult task which, more than anything else, will affect its successful outcome.

어려운 일을 시작할 때 태도가 그 무엇보다 성패에 큰 영향을 미친다.

윌리엄 제임스 William James

'난 못해', '너무 어려워', '너무 지겨워', '시간이 너무 많이 걸려', '그럴 만한 가치가 없어' 따위의 변명을 하지는 않는가? 이런 태도로 어려운 일을 시작하면 당연히 실패할 것이다. 내게 주어진 일은 내 힘으로 바꿀 수 없을지라도 그 일을 대하는 태도는 바꿀 수 있다. 물론 쉽지는 않겠지만, 해내겠다고 다짐한다면 충분히 해낼 수 있다.

'가능한 한 언제나 성공하고 싶고, 그래서 부정적인 마음은 결코 품지 않을 거야. 그런 생각으로 성공할 가능성을 줄이고 싶지 않아.'

믿어 보라

More persons, on the whole, are humbugged by believing in nothing than by believing in too much.

전체적으로 볼 때 너무 많이 믿는 것보다 아무것도 믿지 않는 탓에 속는 사람들이 더 많다.

P. T. 바넘 P. T. Barnum

누군가를 믿었다가 실망하는 것과 무엇이든 의심을 앞세운 탓에 실망하는 일이 없게 하는 것 중에 어느 쪽이 더 나을까? 냉소주의자와 비관주의자는 결코 행복하지 않다. 그들은 자기를 실망시킬 것이라고 미리 짐작했던 모든 것들이 기대했던 대로 자신을 실망시킨 것에 만족해 할지 모른다. 믿는다는 것은 위험이 따른다. 그러나 위험을 기꺼이 받아들일 때 행복을 찾을 기회도 주어진다.

'난 위험을 기꺼이 받아들이는 모험가야. 난 내 자신을 믿을 거야.'

탐험을 떠날 때

If a man will begin with certainties, he shall end in doubts,
but if he will be content to begin with doubts, he shall end in certainties.

확신을 갖고 시작한 사람은 의심으로 끝을 맺지만,
의심을 하고도 기꺼이 시작하는 사람은 확신으로 끝을 맺게 될 것이다.

프랜시스 베이컨 Sir Francis Bacon

우리는 자신이 해야 할 일이 무엇인지 정확히 알고 있다고 여긴다. 그런데
이처럼 확신하고 길을 나섰다가 도중에 생각하지 못했던 갈림길에 마주친
다. 아무런 대책 없이 길을 나섰다가 원래 가야 할 길로 돌아가는 방법조차
몰라 낭패에 빠지기도 한다.
확신을 잠시 접어두었다면 돌발 사태에 충실히 대비했을 것이고, 도중에
만난 사람들에게 길이 맞는지 물었을 것이다. 그랬다면 도중에 예기치 못
했던 갈림길을 만나더라도 어느 쪽으로 가야 할지 알 수 있었을 것이다.

'확신하고 있을지라도 다른 사람의 조언을 귀담아 듣는 걸 잊지 말아야지.'

소유욕이 나를 힘들게 한다

I do not read advertisements.
I would spend all of my time wanting things.

나는 광고를 읽지 않는다.
이것저것 갖고 싶다는 생각에 시간만 허비하게 될 테니까.

프란츠 카프카 Franz Kafka

우리 주변에는 각종 물건들이 넘쳐난다. 전자 제품, 통신 기기, 옷, 책, 음악, 사진, 가구, 살림살이, 이런저런 장식품들……. 그런데도 우리는 늘 뭔가 부족하다고 생각한다. 더 많은 것을 가져도 여전히 만족하지 못한 채 더 많은 것을 갖고 싶어 한다.

수많은 메시지들이 이것저것을 가지지 않으면, 더 많이 가지지 않으면, 최신 제품을 가지지 않으면 완벽한 삶이 아니라며 우리를 유혹하고 있다. 현대 사회를 살면서 이런 압력을 이겨내려면 강인한 의지가 필요하다.

'더 많이 가진다고 행복한 건 아니야. 새로 사지 않고 일주일을 버틸 수 있을까? 한 달이나 더 오랫동안 버틸 수 있을까?'

스케줄에 쫓기지 마라

The really idle man gets nowhere.
The perpetually busy man does not get much further.

게으른 사람은 아무것도 해내지 못한다.
바쁘기만 한 사람도 그보다 특별히 더 나을 게 없다.

헤니지 오길비 Sir Heneage Ogilivie

현대 사회는 우리에게 많은 것을 요구한다. 우리의 일정은 회의, 약속, 파티, 그 외 행사와 해야 할 일로 늘 빡빡하다. 스케줄을 보기만 해도 지치고 초조해진다.

행복에도, 목표를 달성하는 데에도 도움이 되지 않는 것들에 너무나 많은 시간을 빼앗기고 있다. 반면에 삶의 질을 높이고 바라는 것에 한층 더 가까이 다가갈 수 있게 해 주는 것에는 시간을 할애하지 못하며 살고 있지는 않은지 되돌아보라.

'그다지 중요하지 않은 일정은 취소하는 등 스케줄을 좀 더 간소하게 짜야겠다. 하지만 이번 주에 반드시 해야 하고 내가 할 수 있는 것은 뭘까? 그것만은 절대로 빠뜨리지 말자.'

용서

We are all full of weakness and errors; let us mutually pardon each other our follies; it is the first law of nature.

우리는 모두 약점과 오류 투성이이므로 우리의 못난 점들을 서로 용서하자. 이것이 자연의 제1법칙이다.

볼테르 Voltaire

누구나 결점을 갖고 있으며, 결점이 있기 때문에 다른 사람에게 더 흥미로운 사람이 될 수도 있다. 모든 사람들이 서로의 결점을 인정하고 마음으로 받아들인다면 우리는 좀 더 여유롭게 살 수 있을 것이다.

그러나 우리는 내 차 앞에서 급회전하는 운전자에게 화를 낸다. 꾸물거리는 가게 점원에게 짜증을 낸다. 친구와 가족이 내 기대에 차지 않는다고 실망한다. 다른 사람들의 결점에 분노하고 짜증내는 데 너무나 많은 시간을 허비하며 산다. 이렇게 살기보다 긍정적으로 생각한다면 세상은 얼마나 살기 좋을까?

'오늘 하루는 사람들의 좋은 점만 생각하고, 그런 여유를 즐기자.'

배움의 기회

It is always in season for old men to learn.

노년기는 매 순간이 배움의 시간이다.

아이스킬로스 Aeschylus

하루하루가 새로운 것을 배울 수 있는 기회다. 신문을 읽을 수도 있고, 라디오를 들을 수도 있으며, 친구들과 대화를 나눌 수도 있고, 강의를 들을 수도 있다.

우리를 둘러싸고 있는 세상에 진심으로 관심을 기울여 보는 것은 어떨까? 좀 더 많은 의문을 떠올려 보는 것은? 그러한 의문에 대한 답을 찾아보는 것은? 그 답이 이미 알고 있었던 것으로 밝혀지더라도 그러한 노력 덕분에 최소한 우리의 지성이 더 깨어나고, 우리는 좀 더 적극적으로 살아갈 수 있을 것이다.

'난 영원한 학생이 되고 싶어. 그러면 삶에 보다 더 몰두할 수 있고 보다 흥미로운 사람이 될 수 있으니까.'

인생과 양파

Life is like an onion; you peel it off one layer at a time and sometimes you weep.

인생은 양파와 같아, 한 꺼풀씩 벗기다 보면 눈물이 난다.

칼 샌드버그 Carl Sandburg

아무리 연구하고 고민해도 우리는 인생의 모든 것을 알 수는 없다. 인생은 늘 우리에게 수수께끼로 남는다.

그래도 우리는 한 고비를 넘고 나면 다음에는 지금과 전혀 다른 세상이 오리라 믿으며, 인생의 한 고비를 넘을 때마다 즐거움과 보람을 찾아보겠다고 마음먹을 수 있다.

'난 힘들었던 시기들도 즐겁게 기억할 거야. 그 시기들이 지금의 나를 만들었고, 또한 내가 들려줄 수 있는 나만의 이야기를 만들어 주었기 때문에.'

늘 함께할 수 있는 친구

I'm treating you as a friend, asking you to share my present minuses in the hope that I can ask you to share my future pluses.

나중에 내게 여유가 생기면 그걸 함께 나눌 수 있기를 바라며, 지금 내가 처한 어려움을 함께해 달라고 네게 부탁하는 것은 내가 너를 친구로 여기기 때문이다.

캐서린 맨스필드 Katherine Mansfield

누군가에게 도와달라고 부탁하거나, 도움을 받아들이는 것은 상대방을 특별한 존재로 여기고 존중할 때 가능하다. 인간은 누구나 나약한 존재이며, 진정한 친구는 내 나약함을 악용하지 않는다는 믿음이 있기 때문에 어려울 때 친구의 도움에 의지하는 것이다. 내가 풍족할 때는 물론 내가 가난할 때도 기꺼이 받아 주는 친구가 진정한 친구다. 우정을 나눈다는 것은 믿음을 주는 것이다.

'내가 슬플 때면 짜증내는 일 없이 내게 기댈 어깨가 되어 주고, 내가 기쁠 때는 같이 웃어 주는 친구가 있어서 얼마나 행복한지 몰라.'

수수방관

Throughout history, it has been the inaction of those who could have acted, the indifference of those who should have known better, the silence of the voice of justice when it matter most, that has made it possible for evil to triumph.

역사상 악이 승리를 거둘 수 있었던 것은 행동할 수 있었던 이들이 행동하지 않고, 알 만한 사람들이 모른 척 외면하고, 가장 필요한 때 정의의 목소리가 침묵했기 때문이다.

하일레 셀라시에 Haile Selassie

🍴

직접적인 해를 입히는 것만이 죄악은 아니다. 방관하는 것 역시 큰 잘못이라는 사실을 명심해야 한다. 물의를 일으키고 싶지 않았다는 변명으로 자신의 방관을 합리화하지 마라. 해악을 일으키는 모든 것에 저항하라.

'다른 사람에게 착하기만 하면 되는 게 아니야. 남에게 해를 끼치는 사람들에게 용감하게 맞설 수 있어야 해.'

뒤를 돌아보라

What is now proved was only once imagined.

지금 현실화된 것들도 이전에는 상상에 불과했다.

윌리엄 블레이크 William Blake

과거에는 사람이 달에 가는 것이 동화 속에나 있는 이야기였지만 인류는 실제로 사람을 달에 보내는 데 성공했다. 세계 어디서나 실시간으로 통화하는 것 역시 예전에는 상상조차 할 수 없는 일이었지만 지금은 너무나 익숙한 일상이 되었다. 지금 불가능하다고 여기는 것들도 미래에는 너무나 익숙하고 평범한 일상이 될 것이다.

'당연하게 생각한 것들을 돌아보자. 내가 사는 세상이 얼마나 놀라운지, 그리고 내가 그것들에 얼마나 많은 도움을 받고 있는지 생각해 보자.'

나는 지금 어디로 달려가고 있는가

All men should strive to learn before they die, what they are running from, and to, and why.

우리 모두는 죽기 전에 우리가 어디에서 어디로 달리고 있는지, 왜 달리고 있는지 알 아내려고 노력해야 한다.

제임스 터버 James Thurber

우리는 사랑, 부귀영화, 행복 등을 위해 달려가고 있다고 생각한다. 그렇다 면 이러한 것들을 향해 달려가게 하는 것은 무엇일까? 과거로부터 달아나 기 위해 앞으로만 달려가는 것은 아닐까? 이러한 것을 왜 원하는지, 원하는 이유는 합당한지, 그리고 이루고자 하는 것이 과연 자신에게 옳은지 생각 해 보라.

'난 목표가 있고 거기에 도달하기 위해 열심히 노력하고 있어. 그러면서도 왜 그 목표에 도달 하려고 하는지 자주 생각해 보고, 그 목표가 올바르지 않다면 당장이라도 바꿀 거야.'

기적은 어디에나 있다

We shall find peace. We shall hear angels.
We shall see the sky sparkling with diamonds.

우리는 평화를 찾을 것이다. 천사의 소리를 들을 것이다.
하늘에 보석이 반짝이는 것을 볼 것이다.

안톤 체호프 Anton Chekhov

어떤 신념을 갖고 있든, 기적을 믿는 것은 보다 즐겁게 사는 데에 도움이
된다. 그러한 기적은 빗방울, 아기의 탄생, 혹은 고요한 순간처럼 평범한 것
일 수도 놀라운 것일 수도 있다.

'난 지금 수많은 기적들 속에서 살고 있어.'

우정

A true friendship is the greatest of all blessings, and that which we take the least care to acquire.

진정한 우정은 가장 큰 축복이지만, 우리는 이를 얻기 위한 노력을 거의 기울이지 않는다.

프랑수아 드 라로슈푸코 Francois de La Rochefoucauld

✉

친구는 우리를 좋은 방향으로, 더 강하게, 행복할 수 있도록 이끌어 준다. 우리 역시 그들에게 그런 존재가 되어야 한다.

'친구들과 우정을 나눌 수 있어서 얼마나 좋은지 몰라. 오늘은 친구들에게 고맙다고 말해 주어야겠다.'

자신감

I figure that if I said it enough, I would convince the world that I really was the greatest.

내가 충분히 말을 잘 하면 세상 사람들이 나를 가장 위대하다고 확신하게 할 수 있으리라 생각했다.

무하마드 알리 Muhammad Ali

고개를 당당히 들고 미소를 보이는 등 자신감 넘쳐 보이는 행동과 태도는 다른 사람의 관심을 끌고 그들이 나를 좀 더 알고 싶어 하게 한다. 자신감이 넘쳐 보이는 태도는 다른 사람들의 마음을 사로잡는다. "잘 하는 척하다 보면 정말 잘 하게 된다"는 말이 있다. 자신감이 없다면 자신감이 생길 때까지 자신감 있는 척이라도 해보라. 그러면 반드시 자신감을 갖게 될 것이다.

'자신감 넘치는 사람처럼 행동하다 보면 다른 사람들이 나를 자신감 있는 사람으로 볼 뿐만 아니라 나 자신도 자신감 넘치는 사람이 될 거야.'

현실

We must have strong minds, ready to accept facts as they are.

우리는 언제든 사실을 있는 그대로 받아들일 준비 자세를 갖춘 강한 정신을 지니고
있어야 한다.

해리 S. 트루먼 Harry S. Truman

현실은 생각만큼 녹록하지 않고 내 뜻대로 되는 일은 하나도 없는 것처럼
여겨진다. 우리는 현실을 피하고 싶어 자신이나 다른 사람들에게 사실을
부풀려 포장하기도 한다. 그러나 현실은 피할 수 없고, 머지않아 우리는
현실과 마주해야만 한다. 결국 현실을 상대하는 보다 쉬운 방법은 피하는
것이 아니라 있는 그대로 받아들이고 정면으로 부딪치는 것임을 깨닫게
된다.

'현실이 마음에 들지 않을 때라도 나는 잘 대처해 나갈 수 있어.'

경청하라

Listening, not imitation, may be the sincerest form of flattery.

가장 진솔한 아부는 무조건 따라 하는 것이 아니라 경청하는 것이다.

조이스 브라더스 박사 Dr. Joyce Brothers

자신을 잘 이해해 주는 사람에게 끌리기 마련이다. 나를 잘 이해해 준다는 것을 어떻게 알 수 있을까? 나를 잘 이해해 주는 사람은 내게 질문을 하고, 내가 하는 말을 경청하고, 좀 더 자세히 이야기해 달라고 독촉하고, 내가 하는 말에 즉각 반응한다. 누군가에게 줄 수 있는 가장 친절하고 가장 의미 있는 것이 있다면 그것은 바로 진정한 관심이다. 그러나 안타깝게도 우리는 남에게 진정한 관심을 충분히 자주 보여 주지 않는다.

'다른 사람의 말을 주의 깊게 들어야지. 그렇게 함으로써 상대방은 기분이 좋고 나도 많은 것을 배울 수 있을 테니까.'

당당하게 인정하라

We have not passed that subtle line between childhood and adulthood until we move from the passive voice to the active voice—that is, until we have stopped saying, "It got lost," and say "I lost it."

수동적인 말투에서 적극적인 말투로 바꿀 때, "그게 없어졌어"라기보다 "내가 잃어버렸어"라고 바꿀 때야 비로소 우리는 유년기에서 성년기의 미묘한 경계를 넘게 된다.

시드니 J. 해리스 Sydney J. Harris

몇 분 동안이라도 뉴스를 보면 자신의 행동에 책임을 지는 사람이 세상에 많지 않다는 사실을 알 수 있다. 권위와 힘을 가진 사람들은 자신에게 아무런 권위와 힘이 없다는 듯, 모든 잘못이 자신도 모르는 사이 벌어졌다며 변명과 핑계를 일삼는다.

우리는 그 이유를 알고 있다. 다른 사람들 앞에서 자신의 잘못을 시인하고 싶은 사람이 어디 있겠는가? 그러나 자신의 잘못을 인정하는 것이 옳은 일이라는 것을 우리는 잘 알고 있다.

'내가 한 행동에 책임을 질 줄 알고, 실수를 저지르면 그것을 인정하는 사람이 되어야겠다.'

새로운 생각을 받아들이려면

A great many people think they are thinking when they are merely rearranging their prejudices.

많은 사람들은 단순히 자신의 편견을 재배치해 놓고 새로운 생각을 하고 있다고 믿는다.

에드워드 R. 머로 Edward R. Murrow

몇 년 동안 계속 주장해 온 똑같은 논쟁을 뒷받침하기 위해 우리는 끊임없이 새로운 이유를 끌어들이며 자신의 주장이 옳다고 우긴다. 자신의 주장을 변호하고 자신의 주장을 다른 사람들이 믿게 하기 위해 가능한 모든 이유와 변명을 끌어들인다.

이처럼 케케묵은 생각만 이리저리 재배열할 궁리를 하기보다 다른 사람의 의견을 주의 깊게 듣고 그 안에서 이전과는 다른 방법을 찾아야 한다.

'내가 굳게 믿고 있는 것에 반할지라도 난 새로운 생각을 받아들일 자세가 되어 있어.'

좀 더 할 수 있어

Do a little more each day than you think you possibly can.

자신이 생각하는 최대한보다 조금만 더 많이 실천하라.

로웰 토머스 Lowell Thomas

우리는 아무리 바쁜 일과 중에도 조금 더 일할 수 있는 여유를 낼 수 있다. 다른 데에 한눈파는 것을 조금만 더 줄인다면 그만큼 정말 해야 할 일에 더 집중할 수 있다. 시간을 활용하는 데 좀 더 신경 쓴다면 시간을 더 가치 있게 다룰 수 있다.

당초 예상했던 것보다 더 많은 일을 해내고 하루 일과를 마무리하면 흐뭇해질 뿐만 아니라 편하게 잠자리에 들 수 있다. 그렇게 푹 자고 나면 다음 날, 더 많은 일을 해낼 활기를 만끽할 수 있다.

'오늘 난 좀 더 많은 일을 해낼 수 있고, 내일도 그렇게 할 수 있어. 그리고 좀 더 분발할 거야. 그럴수록 내 자신이 자랑스럽겠지.'

독서

Of all the diversions of life, there is none so proper to fill up its empty spaces as the reading of useful and entertaining authors.

인생의 모든 취미 활동 중에서 유익하고 재미있는 작품을 읽는 것보다 빈자리를 채우는 데 더 좋은 것은 없다.

조지프 애디슨 Joseph Addison

먼 곳으로 여행 가고 싶지만 경비가 부족할 때, 날씨가 음산해 집 안에 있을 때, 새로운 것을 배우고 새로운 기술을 익히고 싶을 때 책을 읽어야 한다. 텔레비전, 인터넷, 비디오 게임 등이 범람하는 시대를 살면서도 우리는 돈을 거의 들이지 않고도, 집을 벗어나지 않고도, 약간의 상상력만 발휘하면 얼마든지 다른 세상을 탐험하고 역사상 위대한 인물들을 만나 깨우침을 얻을 수 있다는 사실을 자주 잊어버린다.

'오늘은 텔레비전 리모컨보다는 책과 함께하자.'

우리의 사명

Here is a test to find out whether your mission on earth is finished: if you are alive, it isn't.

이 세상에서 내가 해야 할 사명이 마무리되었는지 판단할 수 있는 방법이 있으니, 아직 살아 있다면 그 사명은 끝나지 않은 것이다.

리처드 바흐 Richard Bach

자신과 세상을 발전시키는 일을 더 이상 하지 않아도 되는 때가 있을까? 아무것도 하지 않고 가만히 앉아 있어도 되는 때는 언제일까? 생전에는 결코 오지 않는다. 이것은 숨 쉬는 것, 생각하는 것, 느끼는 것을 더 이상 하지 않아도 좋은 때가 언제인지 묻는 것이나 마찬가지다. 우리는 할 수 있을 때까지 세상에 집중해야 한다.

'지식, 지혜, 행복을 얻고 싶어 하는 마음을 결코 잃지 않았으면 좋겠어.'

자신의 약점을 알자

Once we know our own weaknesses they cease to do us any harm.

자신의 약점을 알고 나면 약점은 더 이상 우리를 해치지 못한다.

게오르크 크리스토프 리히텐베르크 Georg Christoph Lichtenberg

우리는 생각했던 것보다 우리 자신에 대해 잘 알지 못하고, 그 때문에 갖가지 문제를 겪기도 한다. 자신의 한계를 모르는 탓에 자신의 능력이 닿지 않는 일을 시도하거나, 남이 말하는 도중에 끼어드는 나쁜 습관이 있다는 것을 모르는 탓에 소중한 친구가 될 수 있었을 사람을 잃는다. 잘못된 선입관을 갖고 있는 탓에 배우고 시야를 넓힐 기회를 놓친다.

자신의 약점을 정면으로 대면하는 것은 쉬운 일이 아니지만, 그래야만 약점을 개선하거나 극복할 수 있는 기회를 얻을 수 있다.

'난 내 약점을 제대로 알고 있을까? 친구들이 내 약점을 지적해 준다면 언제라도 그걸 고치도록 노력해야겠다.'

인류의 생존

It is not the strongest of the species that survive, not the most intelligent,
but the one most responsive to change.

살아남는 종(種)은 가장 강하거나 가장 영리한 종이 아니라,
변화에 가장 민감하게 반응하는 종이다.

찰스 다윈 Charles Darwin

변화에 잘 대응한 사람들이 노년기를 행복하게 보낸다는 것은 연구를 통해 밝혀진 사실이다. 변화를 받아들이고 거기에 적응하는 것은 평생 동안 배워야 할 기술이다. 변화는 끊임없이 찾아오고, 변화에 적응하는 능력을 키우고 이를 단련할 수 있는 기회 또한 끊임없이 찾아온다.

'지금까지 살아오면서 수많은 변화에 맞닥뜨렸어. 그러한 변화들 중에 내가 잘 대응했던 것은 무엇일까? 그리고 이런 경험에서 앞으로 다가올 변화에 잘 대처하기 위해 무엇을 배워야 할까?'

겸손해지자

Humility is the only true wisdom by which we prepare our minds for all the possible changes of life.

겸손은 삶에서 일어날 수 있는 모든 변화 가능성에 대해 마음의 준비를 하게 해 주는 유일한 진짜 지혜다.

조지 알리스 George Arliss

겸손하다는 것은 자신감 결여와는 전혀 다르다. 겸손은 자신에게 한계가 있음을 인정하고, 다른 사람들의 지도와 도움이 필요하며, 혼자서는 무슨 일이든 할 수 없다는 사실을 받아들이는 것이다. 자신이 모든 것을 다루지 못한다는 것을 인정할 때만이 다른 사람의 도움을 요청할 수 있고 그 일을 성공할 수 있다.

'난 내 능력을 믿지만 그렇다고 모든 걸 나 혼자 할 수 없다는 것도 잘 알아. 필요한 경우 도움을 부탁하는 걸 부끄러워하지 말아야 해.'

일의 가치

No labor, however, humble, is dishonoring.

노동은 아무리 하찮은 것이라도 불명예스러운 노동이란 없다.

탈무드

자신이 하는 일을 창피하게 여기거나, 다른 사람이 하는 일을 무시하고 깔보는 짓은 절대로 하지 말아야 한다. 정말 창피한 것은 완벽하게 해낼 수 있는 능력을 갖고 있으면서도 제대로 하지 않는 것이다.

'내가 하는 일과 다른 사람이 하는 일을 모두 존중해야지.'

December

I celebrate myself, and sing myself.

나는 나 자신을 찬양하고, 나 자신을 노래한다.

겨울

Winter is the time for comfort, for good food and warmth, for the touch of a friendly hand and for a talk besides the fire: It is the time for home.

겨울은 안식과 맛있는 음식과 따스함의 계절, 정겨운 손길을 느끼고 화롯불 옆에서 이야기꽃을 피우는 계절이다. 겨울은 귀향의 계절이다.

데임 이디스 시트웰 Dame Edith Sitwell

기후가 온난한 지역에 사는 사람들조차도 겨울은 추위, 회색, 어둠 등이 먼저 떠오를 것이다. 이런 이미지를 뒤집어 보면 의외로 겨울에도 포근하고 따스한 면이 있음을 알게 된다. 겨울은 가족이 함께 모여 따뜻한 정을 나누는 계절이다. 아늑한 겨울 저녁, 가족, 친구와 함께했던 순간들은 오랫동안 아름다운 기억으로 남아 있을 것이다.

'사랑하는 이들과 함께 그들의 밝은 표정을 보며 그들과 함께 웃을 수 있는 따뜻한 겨울을 보낼 거야.'

진정한 아름다움

You can only perceive real beauty in a person as they get older.

보다 나이가 들수록 비로소 그 사람의 진정한 아름다움이 드러나게 된다.

아누크 에메 Anouk Aimée

젊은이는 특별한 매력이 있다. 그들의 눈은 빛나고, 피부는 탱탱하고 촉촉하며, 몸은 유연하고 민첩하다.

그러나 진정한 아름다움은 젊은 혈기나 육체적인 매력이 아니다. 오히려 그 반대다. 진정한 아름다움은 경험과, 지식, 그리고 지혜의 토양에서 자라난다. 거울 속에 비치는 육체적인 모습보다는 내면의 성숙함이 진정한 아름다움을 보여준다.

'나이가 들면 어떻게 변할까? 지금 내 얼굴은 다른 사람 눈에 어떻게 비치고 있을까? 나만의 아름다움을 어떻게 가꾸어야 할까?'

역사를 배우자

We can chart our future clearly and wisely only when we know the path which has led to the present.

현재에 이르게 한 길을 알아야만 미래로 가는 행로를 분명하고 현명하게 그려 낼 수 있다.

아들라이 E. 스티븐슨 Adlai E. Stevenson

우리는 어떻게 지금 이 자리에 서게 된 걸까? 돌이켜 생각해 볼 때 무엇을 실수했으며, 무엇을 지혜롭게 처리했는가? 앞으로 무엇을 하겠다고 계획을 세우기 전에, 지나온 날들을 되돌아보라. 예전에 저질렀던 것과 같은 실수를 다시 저지르기보다는, 지나간 경험을 거울삼아야 보다 현명하게 미래로 나아갈 수 있다.

'지나간 날들을 내일을 위한 길라잡이로 삼아야겠다.'

사실과 의견

It is not the facts which guide the conduct of men, but their opinions about facts, which may be entirely wrong. We can only make them right by discussion.

사람의 행실을 이끄는 것은 사실이 아니라 사실에 대한 그 사람의 의견이며, 이 의견은 전적으로 틀릴 수 있다. 오직 토론만이 그것을 바로잡을 수 있다.

노먼 에인절 Norman Angell

같은 사실을 두고도 이 사람 저 사람이 다른 입장을 내세운다. 똑같은 사실을 두고도 각자 자기 시각에서 그것을 바라보고, 사실을 자기 입장을 뒷받침하는 근거로 삼는다. 서로 의견을 달리하는 사람들과 토론을 벌인다는 것은 결국 사실에 대한 논쟁이 아니라 각자의 시각 차이에 대한 논쟁이 된다. 사실은 바꿀 수 없지만, 견해는 토론과 논쟁을 통해 얼마든지 바꾸고 바로잡을 수 있다.

'난 신념이 강하고 다른 사람들도 나와 같은 생각이라고 굳게 믿지만, 그럼에도 불구하고 다른 생각을 가진 사람이 있다는 걸 난 잘 알고 있어.'

위트

Wit is the only wall between us and the dark.

위트는 우리와 어둠 사이에 놓인 유일한 벽이다.

마크 밴 도런 Mark van Doren

자기 자신은 물론 자신이 처한 상황을 두고 웃을 수 있는 능력, 즉 유머 감
각이 없다면 삶은 팍팍할 것이다. 위트와 유머를 이용하면 그 어떤 일도 긍
정적으로 만들 수 있다. 웃을 수 있다면 그 어떤 시련도 견뎌 낼 수 있는 용
기가 우러난다.

'유머와 위트로 난관을 헤쳐 나갈 거야.'

첫 번째 시도

It doesn't matter how many say it cannot be done or how many people have tried before; it's important to realize that whatever you're doing, it's your first attempt at it.

얼마나 많은 사람들이 불가능한 일이라고 말하는지, 얼마나 많은 사람들이 그 일을 이미 시도했는지 그것은 상관없다. 자신이 그 일을 할 때는 그것이 자신의 첫 번째 시도임을 아는 게 중요하다.

월리 아모스 Wally Amos

사람들은 자신의 경험담을 다른 사람들에게 이야기해 주고 싶어 한다. 문제는 다른 사람의 경험담 때문에 성공할 수 있었을 일도 머뭇거리며 망설이다가 기회를 포기하는 것이다. 자신이 직접 시도했다가 실패한 사람들은 "안 돼. 시작할 엄두도 내지 마"라고 만류한다. 더러는 해보지도 않고 다 아는 양 하기도 한다.

그러나 실수를 하더라도, 그 실수로부터 다음에는 반드시 성공할 수 있는 요령을 깨치게 된다. 어떤 경우라도 자신이 직접 경험해 봄으로써 그 의미를 알 수 있다.

'다른 사람들이 실패했거나 말리더라도 난 내 의지에 따라 시도해 볼 거야.'

문제를 효과적으로 해결하는 방법

The "how" thinker gets problem solved effectively because he wastes no time with futile "ifs."

"어떻게?"라고 묻는 사람은 문제를 효과적으로 해결할 수 있다. 그는 "만약에"라는 질문으로 시간을 낭비하지 않기 때문이다.

노먼 빈센트 필 Norman Vincent Peale

어떤 문제에 부딪혔을 때, 해결하려는 시도조차 해보지 않고 변명만 늘어놓는 사람들이 적지 않다. 부정적인 결과만 지레짐작하며 속만 끓이다가 결국은 아무것도 하지 못하고 만다.

부딪쳐 보고, 시도하라. 시도하지 않는 한 문제는 결코 해결되지 않는다.

'다음 상황을 예측해 보는 것도 중요하지만, 걱정으로 나를 옥죌 필요는 없어.'

일생

How far you go in life depends on your being tender with the young, compassionate with the aged, sympathetic with the striving, and tolerant of the weak and strong. Because someday in your life you will have been all of these.

젊은이에게는 온화함을, 노인에게는 온정을, 분투하는 사람에게는 동정을, 약한 사람과 강한 사람에게는 관용을 얼마나 베풀었느냐에 따라 알찬 삶을 살았는지가 결정된다. 누구나 일생 동안 이 시기를 거치기 때문이다.

조지 워싱턴 카버 George Washington Carver

나이가 들면서 우리는 자주 '지금 알고 있는 것을 그때 알았더라면', '젊었을 때 그렇게 하지 말았을 것' 하고 생각한다. 그러면서도 아이와 젊은 세대의 입장에서 보고 느끼고 생각하는 것을 망각한다. 자신이 성공하고 나면 살기 위해 몸부림치는 사람들을 보지 않으려고 한다. 능숙한 기술자가 되고 나면 갓 들어온 이들에게 관용을 베풀지 않으려 한다.

'내가 지금 어떤 상황이더라도, 나와 다른 길을 가는 사람들에게 친절과 온정, 관용을 아끼지 않을 거야.'

의도

Others have seen what is and asked why.
I have seen what could be and asked why not.

다른 사람들은 현실을 보고 "왜 그렇게 해야 하느냐?"고 물었다.
나는 가능성을 보고 "왜 못해?"라고 물었다.

로버트 F. 케네디 Robert F. Kennedy

/

무슨 일을 하더라도 그 일을 성공적으로 완수하는 첫 번째 필요조건은 '나는 할 수 있다'고 믿는 것이다. 이 믿음으로 시작해야 그 일을 완수하는 데 필요한 것들을 찾아낼 수 있다.

다만 자신이 뭔가를 해낼 수 있는 능력이 있다고 확신하려면 상당한 의지가 필요하다. 이런저런 이유로 그 일을 하지 말라거나 해낼 수 없다고 만류하는 이들의 말에 휩쓸리면 시도도 하기 전에 실패를 맛볼 것이다.

'내게 그 일을 할 수 있는 능력이 있다고 믿고, 그 일을 해낼 수 있는 방법도 찾아낼 거야.'

변화에 대처하는 자세

The main dangers in this life are the people who want to change everything or nothing.

이 세상에서 가장 위험한 것은 모든 것을 바꿀 수 없으면 아무것도 바꾸려 하지 않는 사람들이다.

낸시 애스터 Lady Nancy Astor

극단적인 혁명가들은 모든 것을 다 바꾸려고 한다. 그들의 눈에는 보존 가치가 있는 것이라고는 아무것도 없다. 극단적인 보수주의자들은 무엇이든 변화를 거부한다. 모든 것이 정상이라고 생각한다. 이는 모두 현실적이지도 생산적이지도 않다.

세상을 있는 그대로 정지시키는 것은 불가능하다. 행여 변화를 막는다 하더라도 그 결과는 숨 막히도록 답답할 뿐이다. 반대로 모든 것을 바꾸고 새롭게 출발하고 싶은 마음이 간절하더라도 우리의 존재는 예전과 달라진 것 없이 그대로다. 따라서 보존할 가치가 있는 것을 찾아 그것을 더 발전시키는 것이 최선이다.

'변화는 늘 일어나고, 그 변화를 포용하자.'

스스로 찬양하라

I celebrate myself, and sing myself.

나는 나 자신을 찬양하고, 나 자신을 노래한다.

월트 휘트먼 Walt Whitman

"나는 나를 찬양한다"는 말은 단순하면서도 강력한 선언이다. 그러나 이 말은 입 밖에 내기에 쑥스럽기도 하고, 자아도취에 빠진 사람처럼 들릴 수도 있다. 다른 사람이 내게 축하해 주면 기분이 좋지만, 스스로를 축하하는 것은 어색하기만 하다.

하지만 아이들은 자신을 축하하고 찬양한다. 아기는 제 발가락을 처음 본 순간 기뻐 어쩔 줄 모른다. 어른들이 감탄할 때마다 자부심이 미소로 활짝 피어오른다. 이처럼 살아가는 그 자체가 경이로움인데도 우리는 왜 여기에서 기쁨을 찾지 못할까? 우리의 삶은 찬양할 만한 가치가 충분한 위대한 선물이다.

'최소한 하루에 한 번은 나라는 기적을 축하해 주어야겠다.'

나누는 즐거움

The sharing of joy, whether physical, emotional, psychic, or intellectual, forms a bridge between the sharers which can be the basis for understanding much of what is not shared between them, and lessens the threat of their difference.

육체적, 정서적, 정신적 혹은 지적인 즐거움을 함께 나누는 행위는 사람들 사이에 가교 역할을 한다. 이 가교는 서로 나누어 갖지 않았던 많은 것들을 이해하고, 서로 다름으로 인해 생길 수 있었던 위협을 줄여 주는 토대가 된다.

오드리 로드 Audre Lord

농담, 영화, 여행을 비롯해 우리는 좋은 시간을 함께 나누는 사람들에게 더좋은 감정을 갖게 되고 더 관대해진다. 좋은 시간을 함께 보내며 함께 즐거워하다 보면 서로 다른 점이 아무리 많아도 서로를 더 많이 알고 싶어 한다. 지지하는 정당이 다르고, 사는 곳도 다르고, 선호하는 것이 서로 다를수 있다. 그러나 즐거운 시간을 함께하다 보면 서로의 차이를 받아들이고이해하게 된다.

'다른 사람들과 함께할 기회가 많을수록 그들을 더 잘 이해할 수 있을 거야.'

집에서도 상냥하게

If you have only one smile in you, give it to the people you love. Don't be surly at home, then go out in the street and start grinning "Good morning" at total strangers.

단 하나의 미소가 있을 뿐이라면 그것을 사랑하는 이에게 주어라. 집 안에서 퉁명스럽게 있지 마라. 그리고 거리로 나가 전혀 모르는 사람에게 웃으며 "안녕하세요"라고 인사를 건네라.

마야 안젤루 Maya Angelou

우리는 집 밖에서 사람들을 만날 때는 집에 있을 때와 다른 모습을 보인다. 그들과 가벼운 대화를 나누고, 누군가와 어깨를 부딪혀도 "괜찮습니다"라고 말한다.

그런데 집에 오면 그러지 않는 경우가 많다. 상냥하던 표정은 어디에도 보이지 않는다. 불평도 많아지고 화를 내기도 한다. 자신이 어떻게 행동하든 가족은 여전히 자신을 사랑해 주리라 믿고, 미소를 지어 보일 생각도 하지 않는다. 우리는 왜 낯선 사람을 대할 때와 마찬가지로 가족을 친절하고 상냥하게 대해 주지 못하는 걸까?

'가까운 사람을 처음 보는 사람을 대하듯이 예의를 갖추어 대접하겠다. 그러면 사랑하는 이들은 물론 나 자신도 더욱 더 행복해지겠지. 특히 내 가족은 더 특별하게 대할 거야.'

인격

Character builds slowly, but it can be torn down with incredible swiftness.

인격은 아주 서서히 쌓이지만 놀라운 속도로 무너져 내릴 수 있다.

페이스 볼드윈 Faith Baldwin

우리는 강하면서도 약하다. 어떤 때는 거의 무엇이든 감당해 낼 수 있을 것처럼 보인다. 그러나 어떤 때는 단 몇 마디 말에 속절없이 무너져 내린다. 아마도 이 때문에 우리는 우리가 생각하는 만큼 선하고 강한 존재인지 종종 의심하게 된다. 우리가 다른 사람들에게 베푸는 친절은 그들이 스스로 가치 있고 강하다는 생각을 가질 수 있도록 도와준다.

'다른 사람의 자존심을 세워 주는 데 애쓰면서도 내 자긍심은 무너뜨리지 말자.'

사랑스러우면서도 소박한 것들

I am beginning to learn that it is the sweet, simple things of life which are the real ones after all.

세상을 살면서 사랑스러운 소박한 것들이 결국 진짜 중요한 것들이라는 사실을 나는 깨우치기 시작하고 있다.

로라 잉걸스 와일더 Laura Ingalls Wilder

아기의 웃음소리, 솜이불의 따스함, 맛있는 식사와 같이 단순하고 작은 것들이 우리에게 많은 행복을 안겨 준다. 우리는 이런 소박한 것들에서 삶의 가치를 깨닫고, 사랑하는 사람들, 평화롭고 만족스러운 시간, 그리고 앞으로 지키기로 한 약속 등에서도 기쁨과 즐거움을 얻는다.

'나를 행복하게 해 주는 것들을 목록으로 만들어 본다면, 거창하거나 사치스러운 것들은 거의 없을걸.'

승자처럼 행동하라

Regardless of how you feel inside, always try to look like a winner. Even if you are behind, a sustained look of control and confidence can give you a mental edge that results in victory.

속마음이 어떻든 간에 항상 승자처럼 보이도록 노력하라. 비록 남보다 뒤처지더라도 계속 자신 있고 당당해 보이는 모습을 잃지 않으면 승리를 가져다 줄 정신적인 힘이 생길 것이다.

아서 애시 Authur Ashe

역할에 맞게 의상을 갖추어 입고 역할에 맞는 연기를 하다가 실제 그 역할을 맡게 된 연극배우처럼, 자신감 있게 행동하다 보면 실제로 다른 사람들 역시 내가 그 일을 잘 해낼 수 있다고 굳게 믿게 된다. 자신감 있는 모습을 연습하다 보면 자신도 모르는 사이에 자신감 있는 사람이 될 수 있다.

'자신감이 없을 때는 자신감 있는 모습을 만들기 위해 노력하자. 나를 가장 돋보이게 해 준다고 생각하는 특별한 옷을 입는 것도 한 가지 방법이겠지. 그러나 그보다 중요한 것은 자신감 있는 태도를 지니는 것이겠지.'

나쁜 운에 대처하는 방법

Has fortune dealt you some bad cards?
Then let wisdom make you a good gamester.

운명이 당신에게 운 없는 카드를 돌렸는가?
지혜가 당신으로 하여금 훌륭한 노름꾼이 되게 하라.

프랜시스 퀼스 Francis Quarles

계속 불운만 겪었던 사람들 중에는 마침내 성공하는 방법을 찾아낸 사람도 있고 성공이란 불가능한 것처럼 비참한 생활만 이어가는 이들도 있다. 이 두 부류에 차이가 있다면 그것은 자기가 가진 것을 어떻게 잘 활용했는가 하는 것이다.

같은 것을 성취하더라도 남들보다 두세 배 더 노력해야 하는 사람들이 있다. 물론 불공평하다. 그러나 불평불만으로 에너지를 허비하기보다는 이에 아랑곳하지 않고 자신이 바라는 바를 이루기 위해 더욱 더 분발하는 사람이 최후에 웃는다.

'불운을 겪을 만한 행동을 전혀 하지 않았는데도 내 앞에 장애물이 쌓일 때가 있어. 하지만 그때 낙담하기보다는 장애를 뛰어넘을 수 있는 방법을 찾아볼 거야.'

남을 돕는 데 솔선수범하자

Everybody wants to do something to help, but nobody wants to be the first.

누구나 돕고 싶어 하지만 아무도 먼저 나서지는 않는다.

펄 베일리 Pearl Bailey

우리는 앞일을 염려하거나 쑥스럽다는 이유로 도움이 필요한 사람을 보고도 선뜻 나서지 못한다. 다른 사람이 앞장서서 도와주는 것을 보고 나서야 무엇을 도와줄까 생각한다. 존경받는 사람들은 누군가 어려움에 처한 것을 보면 주저함 없이 도움을 베푸는 사람들이다.

'누군가 내 도움을 필요로 하면 주저하지 않겠어. 그 도움이 사소한 것일지라도 아무것도 하지 않는 것보다 훨씬 나을 거야.'

공감

There is nothing sweeter than to be sympathized with.

누군가 내 마음을 이해해 주는 것보다 더 큰 위안은 없다.

조지 산타야나 George Santayana

"내가 도와줄 수 있는 게 있으면 뭐든 말해 줘."
우리는 이렇게 말하는 사람을 좋아한다. 장황하게 떠들기보다는 마음으로
이해하고 함께 아파해 주는 사람. 힘들 때 필요한 것은 값싼 동정심이 아니
라, 마음을 이해해 주는 것이다. 이것은 간단한 것 같으면서도 그 무엇보다
큰 위안이 된다.

'누군가가 곤경에 빠지면, 먼저 그의 사연과 마음을 진심으로 귀담아 들어 주자. 그의 말을 들
음으로써 무슨 일이 일어났는지 알게 되고 진심으로 동정을 베풀 수 있으니까.'

문제를 똑바로 보라

Not everything that is faced can be changed, but nothing can be changed until it is faced.

대면한다고 해서 모든 것이 바뀔 수는 없지만, 맞서 대면하지 않으면 아무것도 바꿀 수 없다.

제임스 볼드윈 James Baldwin

🌲

"문제를 인정하는 것이 변화를 향한 첫걸음이다"라는 말은 진부하게 들리 더라도 사실이다. 시련을 겪고 있다는 것을 인정하고 받아들이지 않고는 상황을 개선할 수 없다.

'일시적인 일이겠지', '상황이 나쁜 것도 아니고 다른 사람들은 눈치 못 챌 거야'라며 문제가 터져도 부정하는 태도가 문제다.

'내 문제와 약점에 솔직해지자. 모든 걸 바꿀 수는 없더라도 내게 약점과 문제가 있다는 걸 인 정하고 받아들이지 않으면 아무것도 바꿀 수 없어.'

자유를 즐기려면 자신을 관리하라

To enjoy freedom we have to control ourselves.

자유를 즐기려면 자기 자신을 잘 다스려야 한다.

버지니아 울프 Virginia Woolf

자유는 쉽게 잃어버릴 수도 있다. 사람들은 누구나 자유를 바라는 동시에 안정을 바란다. 그런데 이 두 가지는 서로 양립할 수 없는 것처럼 보이기도 한다. 누군가가 자유를 남용할 때 다른 사람은 자신이 위협받고 있다고 생각한다. 이 때문에 자유를 제한하게 된다. 아이러니하게도 자유롭기 위해서는 지나친 자유로움을 경계해야 한다.

'난 자유를 만끽하고 싶어. 그러려면 이 자유를 현명하게 사용하고 소중하게 지켜야 해.'

자기 말만 하지 마라

Never fail to know that if you are doing all the talking, you are boring somebody.

자기만 말하면 누군가를 지루하게 하고 있다는 것을 반드시 알아야 한다.

헬렌 걸리 브라운 Helen Gurley Brown

누군가를 만나 대화를 나눌 때는 일종의 연극을 하고 있는 셈이다. 내가 무슨 말을 하면 상대방도 무슨 말인가를 한다. 상대방이 내 말에 어떻게 반응하는지 유심히 살펴본 다음 그에 맞추어 행동한다. 내가 한 이야기에 즐겁게 웃는지 아니면 딴청을 피우지는 않는지 살펴본다. 그런데 이러한 만남이 대화극이라는 것을 망각한다면 상대방은 그 자리를 뜨기 위해 갖은 애를 쓸 것이다.

'내가 하고 싶은 말이 많듯이 다른 사람들도 나와 마찬가지야. 그러니까 대화를 나눌 때는 그들을 위한 자리도 마련해 두어야 해.'

우리는 혼자가 아니야

These are the same stars and that is the same moon, that look down upon your brothers and sisters, and which they see as they look up to them, though they are ever so far away from us, and each other.

네게서 너무나 먼 곳에 있고 서로 너무나 멀리 떨어져 있지만, 저 별과 달은 너의 형제자매를 내려다보고 있고 그 형제자매 또한 같은 저 별과 달을 우러러보고 있다.

소저너 트루스 Sojourner Truths

우리가 있는 곳이 어디든, 자연은 우리를 다른 곳, 그리고 모든 인류의 역사와 연결해 준다. 지구가 평평하다고 여겼던 시대에 항해에 나섰던 이들이 묘사한 하늘이나 지금의 하늘이나 다 같은 하나의 하늘이듯이.

'별을 바라보면 우주가 얼마나 아름답고 신비로운지, 그리고 우리가 어떻게 서로 모두 연결되어 있는지 새삼 놀라곤 해.'

선행

Keep doing good deeds long enough and you'll probably turn out a good man in spite of yourself.

계속 오랫동안 선행을 하다 보면 자신도 모르는 사이에 선량한 사람으로 변해 있을 것이다.

루이스 오친클로스 Louis Auchincloss

때때로 자신이 선량한 사람인지 의문을 품는다. 남에게 친절을 베풀 기회가 있었는데도 그렇게 하지 못했을 때도 있기 때문이다. 그러나 지금부터라도 선행을 계속하면 자신을 선량한 사람으로 여기게 될 것이다. 마음에서 우러나온 선행은 나를 빛나게 해 준다.

'그게 비록 당연히 해야 할 일이거나 어쩌다 그러는 거라도 선행을 베풀어야 해.'

자비와 정의

Among the attributes of God, although they are equal, mercy shines with even more brilliance than justice.

신이 가진 모든 속성은 다 같지만, 그중에서도 자비는 정의보다 훨씬 더 밝게 빛난다.

미겔 데 세르반테스 사아베드라 Miguel de Cervantes Saavedra

세상의 모든 종교는 정의와 자비를 교리에 담고 있다. 따라서 어떤 종교를 믿더라도 우리는 자연히 정의와 자비를 지향하게 된다. 우리는 정의가 실현해 줄 질서와 온전함을 바라기에, 다른 사람을 해치면 벌을 받고 해를 입은 사람에게는 보상이 주어지리라 믿는다. 우리는 또한 자비가 가져다주는 구원을 믿기에, 비록 우리가 완벽하지 못하고 실수를 하더라도 앞으로 더 잘 할 수 있는 기회가 주어지기를 바란다.

'누가 내게 잘못을 하면 어떤 식으로든 그를 벌하고 내 억울함을 풀고 싶어 해. 하지만 그에게 자비로울 수 있다면 난 훌륭한 사람이 될 거야.'

실수한다고 나쁜 건 아니야

If I had my life to live again, I'd make the same mistakes, only sooner.

다시 인생을 살 기회가 주어진다면 똑같은 실수를 저지르되 좀 더 일찍 저지를 것이다.

탈룰라 뱅크헤드 Tallulah Bankhead

제대로 잘 하는 것보다 실수를 하는 것이 더 우리를 흥미진진하게 만든다. 실수로 인해 자신이나 타인에게 고통을 줄 수도 있고, 승진 기회를 망칠 수도 있고, 창피를 당할 수도 있다. 그러나 실수를 통해 배우게 되는 것을 생각해 보라.

'일부러 그런 건 아니지만 실수를 하게 돼. 그러나 시간이 지난 후에 돌이켜보면 실수가 지금의 내게 큰 힘이 되었다는 걸 알게 돼.'

도덕적인 힘

Moral power is probably best when it is not used.
The less you use it, the more you have.

도덕적인 힘은 사용하지 않을 때 가장 좋다.
적게 사용할수록 더 강력해진다.

앤드류 영 Andrew Young

우리는 내가 옳으면 다 옳다고 생각한다. 내가 믿는 것, 내가 행하는 것은 다 도덕적으로 증명된 것이라고 확신한다. 그래서 내가 믿는 것을 다른 사람들도 믿도록 한다. 그런데 왜 내가 도덕적이라고 생각하는 그것을 다른 사람들은 불만스러워하는 걸까?

어떤 힘이든지 간에 강압적으로 작용하면 반발을 초래할 수 있다. 강요당하거나 억압받는 것을 좋아할 사람은 없다. 누구나 자기 스스로 상황을 보고 스스로 선택할 수 있기를 바란다.

'비록 내가 생각하는 게 옳더라도, 내 입장만 따르도록 강요하기보다는 설득하려고 노력하는 게 옳아.'

친할수록 더 조심하라

The easiest kind of relationship is with ten thousand people, the hardest is with one.

가장 쉬운 관계는 만 명과 맺는 것이며,
가장 어려운 관계는 단 한 명과 맺는 것이다.

조안 배즈 Joan Baez

같은 사무실에 근무하는 사람들은 모두 나를 좋아한다. 그들은 내가 재미있고 마음이 따뜻하고 늘 배려한다고 생각한다. 그런데 나와 가장 가까운 사람과는 왜 사이가 원만하지 못한 걸까? 우리는 가장 아끼는 사람들에게는 자신의 가장 나약한 부분까지 보여준다. 그 때문에 초조하고 불안해질 수 있다.

함께 근무하는 사람들이라면 그들의 존경심과 관심을 사기 위해 열심히 노력해야 한다고 생각하는 반면, 사랑하는 사람은 그의 관심과 사랑을 독차지하고 있으므로 걱정할 게 없다고 방심하는 것은 아닐까?

'가까운 사람들일수록 더 세심하고 정성껏 지켜야 해. 그들은 내게 가장 소중한 사람인 동시에 내가 가장 어려워해야 할 사람이야.'

쉬지 말고 계속하라

The race is not always to the swift, but to those who keep on running.

경주에서 이기는 사람은 빠른 사람이 아니라 쉼 없이 달리는 사람이다.

화자 미상

🍅

살아가는 데 중요한 것은 장애물에 부딪혀도 멈추지 않고 계속 앞으로 나아가는 태도다. 이웃을 사랑하고, 하는 일에 늘 최선을 다하며, 매일 아침 잠자리에서 일어나 자신이 해야 할 일을 쉼 없이 꾸준히 완수해 나가는 것이야말로 인생의 경주에서 진정한 챔피언이 되는 길이다.

'난 이루고 싶은 것, 이루어졌으면 하는 것들이 많아. 하지만 내가 갈망하는 모든 것을 하지 못했다고 해서 상심하지는 않겠어. 그걸 이루도록 계속 달려가는 거야.'

화를 낼 때 얻게 되는 것

How much more grievous are the consequences of anger than the cause of it.

원인보다 그 원인에 대한 분노의 결과로 우리는 더 많은 비통함을 겪는다.

마르쿠스 아우렐리우스 Marcus Aurelius

살다 보면 누군가와 갈등 관계를 이어오다가 며칠, 몇 달, 혹은 몇 년이 지난 후에는 왜 그랬는지 기억조차 하지 못하는 경우가 많다. 갈등을 빚는 과정에서 서로 상대방에게 하지 말아야 할 말도 하고 싸우기까지 한다.

상대방의 말이 내게 상처를 주었기 때문에 분노하는 것은 정당하다고 생각한다. 그러나 정당한 분노는 정당하지 못한 분노만큼이나 해롭다. 다른 사람이 하는 행동에 대해서는 아무것도 할 수 없지만 자신이 하는 행동은 스스로 조절할 수 있다.

'화가 나는 걸 피할 수는 없지만, 화가 나면 털어 버리고 하던 일에 전념할 수 있어. 그리고 내게 잘못한 사람들을 용서해 주자. 화 때문에 오히려 내가 지치는 잘못은 하지 말자.'

삶은 계속되어야 해

We are made to persist. That's how we find out who we are.

인간은 살아남도록 만들어졌다. 그것이 우리 존재를 발견하는 방식이다.

토비아스 볼프 Tobias Wolff

모든 것을 포기해 버리고 싶을 때가 있다. 누구나 그런 순간을 경험한다. 삶은 하나의 모험이고, 이 모험이 나를 벼랑으로 몰아갈 때가 있다.

그러나 포기하지 말고 계속 앞으로 나아가야 한다. 다음 모퉁이를 돌아서면 지금까지 보지 못했던 것을 만나게 될지도 모른다. 그것은 미처 꿈꾸지 못한 아주 멋진 일일지 모른다.

'할 수 있는 한 끝까지 내 인생의 모험을 계속하자.'

365 매일읽는
긍정의
한줄

개정 2판 1쇄 발행 | 2018년 12월 19일
개정 2판 4쇄 발행 | 2020년 1월 23일

지은이 | 린다 피콘
옮긴이 | 키와 블란츠
펴낸이 | 이희철
펴낸곳 | 책이있는풍경
기획편집 | 김정연
마케팅 | 임종호
북디자인 | 디자인 홍시

등록 | 제313-2004-00243호(2004년 10월 19일)
주소 | 서울시 마포구 월드컵로31길 62(망원동, 1층)
전화 | (02)394-7830(대)
팩스 | (02)394-7832
이메일 | chekpoong@naver.com
홈페이지 | www.chaekpung.com

ISBN | 979-11-88041-19-0 03840

● 값은 뒤표지에 있습니다.
● 잘못된 책은 바꿔드립니다.

이 도서의 국립중앙도서관 출판예정도서목록(CIP)은 서지정보유통지원시스템
홈페이지(http://seoji.nl.go.kr)와 국가자료종합목록시스템(http://www.nl.go.
kr/kolisnet)에서 이용하실 수 있습니다. (CIP제어번호 : CIP2018037011)

The Daily Book of Positive Quotations